執着溺愛婚

恋愛しないとのたまう冷徹社長は、わきめもふらず新妻を可愛がる

★

ルネッタブックス

CONTENTS

Lunetta

プロローグ

冬真っ盛りの十二月。

コートを着ていても、薄い靴底から寒気が這い上がってくるようだ。宮田彩香《みやたあやか》は、手のひらを擦り合わせ、息を吹きかけながら帰路に就く。

「どうしよう……このままじゃ年も越せない」

職場に戻る彩香の足取りは非常に重かった。

実家であり職場でもある宮田金属加工は、曽祖父の代から続く老舗鋳造メーカーだ。主にキッチン用品を手がけている。

そして十年ほど前、手軽に美味しいものを食卓に届けたいという思いから、父の夢だったミヤタというキッチンブランドを立ち上げたのだ。無水調理のできるホーロー鍋を主力商品として、たちまち世界中で大人気となり……なんて上手くはいかず、現状では毎日食いつなぐのが精一杯の暮らしをしている。

自社独自の鋳造技術によって、職人が商品の一つ一つを手作業で作っているため、完成までに時間も金もかかるのがネックだった。

近年、海外に工場を持つ大企業が安価なキッチン用品を売り出したことにより、ミヤタのような小さな会社が手がける高級な鍋は売れず、古くから付き合いのある卸先とネットでの個人向け販売の売り上げでどうにかここまでやってきた。

ここ最近の一ヶ月の売り上げは、ほとんど借金返済と請求書の支払いに消え、このままでは従業員の給料さえ払えないところまで追い詰められている。

彩香は今日、何度目かの追加融資の相談にいくつかの銀行を回っていたのだが、結局、色好い返事はもらえなかった。

担当者も親身になり相談に乗ってくれているものの、返すあてもない中小企業に金を貸してくれるはずもない。

(お父さんになんて言えばいいの)

社長である父も現状を理解している。このままではあとがないことを。

自社の技術力で作った最高の商品を知ってさえもらえれば、なんとかなるはず。そう思い今までやってきたが、職人と、事務職である母と自分しかいない宮田金属加工には営業力がまったくなかった。新しく従業員を雇う余裕もない。

休日返上で新規の卸先を探してはいたものの、やはりネックとなるのは金がかかり過ぎる行程だ。職人に「適当でいいから数を作ってほしい」とは口が裂けても言えない。そんなことを言うくらいなら、父はさっさと会社を畳む決断をするだろう。工場と自宅がある土地は都内にあり、売れればそれなりの額になる。

（そう……もう道は残されてないのよね……早く決断しないと、借金ばかりが増えちゃう）

技術力に誇りを持っている父のプライドを守ってあげたかったと、彩香はため息を漏らす。

これからの生活はどうすればいいいか。工場のある土地を売りに出し、借金を返す。そしてわずかに残った金を従業員の退職金に充て、自分が外に働きに出ればなんとかなるかもしれない。

父も母もそれなりの歳だ。特に昔一度倒れている母には、生活のためにフルタイムで働くなどの無理をさせたくなかった。

しかし、彩香の就職先だって見つかるかは怪しい。彩香は高校を卒業しすぐ実家で働き始めたため、二十八歳の今までほかの企業での就職経験がまるでない。就職に有利な資格も持っていない。そんな自分を雇ってくれるところがあればいいのだが。

街はクリスマス一色で煌びやかな賑わいを見せているのに、彩香の心は冬空のごとく分厚い灰色の雲に覆われ、暗雲が立ち込めている。

化粧っ気のない青白い顔に、肩の下まで伸びた色素の薄い茶色の髪。両親ともに日本人だが、母の色素の薄い髪と瞳が彩香に遺伝したようだ。だとしても、少し茶色がかった髪と瞳くらいでは、垢抜けない印象は変えられない。下を向いて歩いているからか、せっかくのぱっちりとした目は閉じかけていて物憂げだ。ふっくらとした肉厚の唇は乾燥でひび割れ、痛々しい。童顔というわけでもないのにあどけない印象が拭えないのは、不安そうにきょろきょろと目を動かすせいかもしれない。

それに、ここ最近は悩みが尽きず夜もよく眠れないせいか、目の下には濃い隈が浮かび上がっている。ぼうっとその場に佇んでいると、顔の青白さも相まってまるで病人のようだ。

メイクや服装に頓着しなくとも、人の多い都会ではさほど目立たないのはいい。

彩香にだって、華やかな世界への憧れは常にある。

街を歩けば様々な人がいる。自分と同じ歳くらいの女性が、恋人らしき男性と手を繋いで歩いていたり、友人とショッピングを楽しんでいたり。

いつだって羨望の眼差しを向けてしまう。自分もいつか、ショーウィンドウに飾られた真っ白なコートを着て、アクセサリーを身につけて、恋人や友人と出かけられたら、と。

それも、自分にかける金があり、休日返上で働く自分に男性と知り合う時間があれば、の話だ。

(そんなの、夢のまた夢……かな)

ショーウィンドウに映る自分の格好が視界に入り、視線を落とす。疲れきって痩せ細った自分の姿を直視するのは恥ずかしい。

何年前に買ったかも忘れた毛玉だらけのセーターに、厚手のスカート。その上から、厚くて重い、毛玉だらけの紺色のコートを羽織った姿は、控えめに言っても〝貧弱〟の一言。けれど外出着としてはまだマシな方だ。仕事中はいつも薄汚れたトレーナーにジーンズだから。

ヒール部分が完全に擦りきれ、歩く度にカツカツとおかしな金属音を立てるブーツは、どこかに穴が空いているのか雨の日はすぐに水が染みてくる。

現状、服や靴に金はかけられない。雀の涙程度の給料では、食費を捻出するので精一杯。それどころかマイナスは膨れ上がっていくばかりだ。

「ただいま……」

彩香は重い足取りのまま自宅に辿り着き、事務所の引き戸を開けた。

自宅は二階建てで、一階が事務所、二階が居住部分となっている。その横に立つプレハブで建てられた工場の電気代がバカにならないため、事務所にエアコンは設置していない。そのため夏は暑く、冬は寒い。一応、石油ストーブを置いてあるが今も外とそう変わらない気温である。

「おかえり、どうだった⁉」

事務を手伝っている母がバタバタと足音を響かせて出てきた。腕にはアームカバーをつけていて、右手にはボールペンを持ったままだ。融資の結果が気になっていたのだろう。

彩香が沈んだ表情で首を振ると、母も肩を落とした。父を含めた職人たちは隣の工場にいるため、これから話をしなければならない。

「残ったお金で職人さんたちに退職金を払って、転職の斡旋をするしかないと思う」

自分の決意を伝えると、母もある程度の覚悟をしていたのか納得したように頷いた。

「お金、そんなに残ってないわよね」

「うん、だから生活費から工面するしかない。それでも数万円払えるかってところだけど、長年うちで働いてくれた人たちだから」

金をかき集めても、数万円しか払えないことが心苦しい。退職金だなんてとても言えない。けれど、職人も宮田金属加工の状況は理解してくれているはずだ。

「そうね……そうするしかないわね……お父さん、気落ちしないといいけど」

「仕方ないよ。お父さんもわかってると思う」

貧乏暮らしには慣れている。わずかな生活費でもなんとかなるのは、ここが借家ではなく持ち家だからだ。けれど、借金返済に充てるため、いずれこの家と土地も手放すことになるだろう。

先々のことを考えるとため息しか出ない。あともう少し、もう少しだけと踏ん張ってきたが、そろそろ潮時だ。母と二人、顔を見合わせて肩を落としていると、事務所の電話が鳴り響いた。

彩香が立ち、受話器を取る。

「はい、宮田金属加工です」

『わたくし、インテリア販売『ONOGAKI』の社長秘書をしております、竹田《たけだ》と申します。以前、弊社に営業に来ていただいた女性の方とお話をさせていただきたいと思っているのですが、いらっしゃいますか？』

「私です！」

『では、ぶしつけで申し訳ありませんが、今からこちらが指定する場所に来ていただくことは可能でしょうか』

「ご連絡ありがとうございます。もちろんです！」

インテリア販売『ONOGAKI』と言えば、超のつく大企業である。

国内外にいくつもの支店を持ち、海外にある自社工場で製品の生産まで行っているという。彩香がダメ元でと営業をかけた先の一つだった。

（まさか連絡が来るなんて！）

何度か営業担当者と電話で話はできたのだが、自社で製品開発を行っているため、わざわざ宮田金属加工の商品を卸す必要性を感じないと言われた。商品を見てもらうために直接足を運んだものの名刺すら渡せなかった。アポイントが取れず、受付で門前払いされたのだ。『ＯＮＯＧＡＫＩ』に商品を卸せれば、ミヤタブランドの名前に箔がつくだけではなく知名度も上がり、顧客確保にも繋がると思ったのだが。

「どちらに伺えばいいでしょう。お時間は……っ」

彩香が前のめりになりつつ言うと、電話の向こうから淡々とした口調で『落ち着いてください』と声がかけられた。光明が見えてきたかもしれないとはしゃぎ過ぎた。

そうだ、まだ決まったわけではないのだから冷静にならなければ。彩香は深呼吸をし、大変失礼しましたと居住まいを正す。

『御社の近くに老夫婦のやっている喫茶店がありますね？『キリン』という店です。ご存じですか？』

「はい、わかります」

入り口に大きな木彫りのキリンが置かれている店だ。彩香が生まれる前から店を開いていて、地元の人なら『あのキリンの店』と言えばだいたい通じるくらい有名である。

一杯千円近くするコーヒーを飲めるほど経済的に豊かではないため店に入ったことはなかったが、昼時になると美味しそうな匂いが漂っていていつも気になっていたのだ。

『では、そこでお待ちしております。今から三十分後でいかがでしょう』

「大丈夫です！　よろしくお願いいたします」

受話器を持ったまま腰を折る。相手が受話器を置くのを待って、彩香も電話を切った。

「彩香、なんの電話？」

「わからないけど、以前に営業かけたとこ、話をしたいんだって。ちょっと出てくるね」

宮田金属加工の商品をどこかで見て、これならと思ってくれたのかもしれない。向こうから電話をかけてきたのなら期待してもいいはずだ。

ＯＮＯＧＡＫＩと契約できたら宮田金属加工は救われる。だが、それを母に言うのはためらわれた。これでだめだった場合、さらに落ち込ませることになってしまう。

「わかったわ」

彩香は自宅で作った資料や見本品をバッグに入れて、家を出た。

財布には千円札が三枚。こちらが支払うべきだろうが、ない袖は振れない。足りますようにと祈りながら、待ち合わせ場所へと急ぐ。

木枠のガラスドアを開けると、からんからんと金属音が鳴り、店にいた客の一人がこちらを見て立ち上がった。老齢の店主が優しげな声色で「いらっしゃい」と言う。

(あの人が竹田さんかな)

彩香は、立ち上がってこちらを見ている男性のもとに歩いていく。スーツ姿の男性は三十代前半くらいだろうか。近づいてみると、ずいぶんと長身の男だと気づいた。

髪色と同じ真っ黒の瞳が彩香を捉えた。

（あ、どうしよう……私、こんな格好で）

迫力のある美形を前に自分の格好が恥ずかしくなってくるが、今さら家に戻ることもできない。

怖いわけではないのに、大企業であるＯＮＯＧＡＫＩの社長秘書を前にして、自分との違いを目の当たりにし萎縮してしまう。立っているだけなのに彼の姿から成功者の風格のようなものを感じて、彩香はぎこちなく目を泳がせた。

着ているものも、立ち居振る舞いも、自分とは違い過ぎた。足が長く、紺色のスーツを身に纏った姿は日本人とは思えないほどバランス良く整っている。

（顔立ちも……綺麗過ぎて、怖いくらい）

彫りの深い顔立ちは、誰が見ても美しいと評されるものだ。眼差しは鋭く、高い鼻梁、厚めの唇が完璧な形で配置されていた。あまりに隙がなさ過ぎて、会話をする前から口の中が乾き、緊張で手が震えそうになる。

少しクセのある前髪の隙間から、甘えなど一つも許さないと言った目で見据えられると、唇まで震えてくる。これから彼相手に営業をかけなければならないのか。

（もう、うちにはあとがないんだから……頑張らないと）

気力を奮い立たせ、彩香は男の前に立ち、腰を屈めた。

「竹田さんでいらっしゃいますか？　私、宮田金属加工の宮田と申します」

彩香が名刺を差し出そうとすると、それを押し留めて、男が口を開いた。

「竹田は俺の秘書だ。俺は『ＯＮＯＧＡＫＩ』の代表取締役社長の任に就いている、小野垣仁《おのがきじん》。無駄な時間を使いたくはないから単刀直入に聞く。宮田金属加工を助けてやるから、俺と結婚しないか？」

男はあらかじめ取り決められた文句のようにすらすらと言った。彩香が想像した通り、その口調は冷ややかで淡々としている。

竹田はこの男の秘書で、この男は社長らしい。彩香は彼の立場に驚くよりも、彼から発せられた言葉の意味がわからずぽかんと口を開けてしまう。

（え、今なんて言った？　結婚がどうのって。契約の聞き間違い？）

宮田金属加工を助けてやるから俺と契約しないか、と言ったのだろうか。

「えぇと、申し訳ないのですが……もう一度……」

彩香が言うと、小野垣仁と名乗った男は、やや眉を顰め、先ほどよりも低い声色で言う。

「俺と結婚し妻としての役割を全うすれば、君のお父上の会社を助けてやると言ったんだ」

「はぁ？」

彩香は口元を引き攣らせながら素っ頓狂な声を上げた。大企業の社長相手だということも忘れて、思わず素の返しをしてしまったのも致し方ないことである。

しかめっ面で見つめ返した彩香の目の前に、仁が手を差し出した。どうやら向かい側に座れと言いたいらしい。仕事の話でないのなら聞く義理もなかったが、そこにいる男があの『ＯＮＯＣＡＫＩ』の社長であることが話も聞かずに出ていくことをためらわせた。

彩香は仁の向かい側に腰かけて、店主にホットコーヒーを注文する。仕事の話でないのなら彼のコーヒー代を持つ必要はないだろう、それだけはほっとした。

「結婚って、どういうことでしょうか？」

彩香が聞き返すと、煩わしそうな顔をした仁が口を開いた。

仁は一つ息を吐くと、現在、宮田金属加工が窮地に陥っていること、なんの手も打たなければ一ヶ月以内にも倒産するであろうことを突きつけてきた。そんなの他人から聞かされなくとも当事者である自分たちが一番よくわかっている。

だがなぜ『ＯＮＯＧＡＫＩ』の社長が、ただの町工場でしかないうちの事情を詳しく知っているのだろうか。疑問が顔に出ていたのか、仁は一言「調べさせてもらった」と言った。

(私は、どうして調べたのかを知りたいんだけど)

宮田金属加工の将来と結婚の話がどう関わってくるのかまるでわからず、彩香はただ黙って話を聞くしかない。

「結論から言えば、籍を入れて、公の場で夫婦仲がいいことを見せつけたい。今、ＯＮＯＧＡＫＩは、後継者問題を抱えている。俺は最近社長に就任したばかりなんだが、独身でもちろん子どももいない。結婚をするつもりもなく、後継者が必要ならば養子を迎えるつもりでいた」

「なら、そうすればいいんじゃ……」

彩香が口を挟むと、ぎろりと睨まれる。できたらとっくにそうしている、という目が怖い。

「後継者問題と言っただろう。役員たちが、社長派と専務派で割れている。俺のいとこで、専務でもある小野垣新《あらた》を推しているのは、甘い汁を吸いたい権力目当てのバカばかりだが、本人が一番のバカでな。正直、身内として恥ずかしくなるくらい、地位と金のことしか頭にない男だ。万が一、あいつが俺のあとに社長の地位に就けば、ＯＮＯＧＡＫＩは衰退の一途を辿ると目に見えている。この会社にそこまで思い入れはないが、従業員の生活を支えている立場としては看過できない」

「はぁ」

つまり、自分の立場をより強固にしたい、ということか。夫婦仲がいいと見せつけ、ＯＮＯＧＡＫＩの将来は安泰だと思わせたいらしい。

（それが、なんだって言うの？）

もう帰ってもいいだろうか。彩香の気持ちはすっかり冷えきっていた。

彩香には彼の結婚などまったく関係がないし、どうでもいい。今はそれどころではないのだ。それに、なんとかなるかもしれないと期待していた分、落胆も大きい。

彩香は心の中で両親に謝った。このあと、高いコーヒー代を払わされるだけで、ここに来たのは時間の無駄でしかなかったのだから。

彼の話を聞きながらも、彩香の頭の中は宮田金属加工の今後のことでいっぱいだった。人並み外れたイケメンと結婚できるかもしれない、と浮かれるほどお気楽ではない。

話半分で聞いてしまっていたため、返事も適当になる。それが気に食わなかったのか、仁はふたたびぎろりとこちらを睨んできた。

「新は、俺が結婚せずにいることを槍玉に挙げて、小野垣の血筋でない者を後継者にするくらいなら、自分か自分の子に後を継がせた方がいいと言い出した。それには会長である父も賛同しているようで、やや風向きが悪い。能力がある相手にならいくらでも社長の地位なんざ譲ってやるが、新はだめだ」

（つまり、その新って人が継いだら潰れる可能性があるから、すぐに結婚して後継者問題を解決したいってことか……大変だと同情はするけど）

仁は権力に執着がないように見える。ただ新が後を継ぎ『ＯＮＯＧＡＫＩ』が万が一にでも倒産すれば、影響が計り知れないと案じているようだ。

たしかに一消費者として『ＯＮＯＧＡＫＩ』がなくなるのは悲しい。安価で使い勝手のいいインテリアに何度もお世話になっているのだ。だとしても、よく知りもしない人と結婚なんてあり得ないが。

「まさか、それで私に結婚しろと？」

「あぁ、俺と結婚し、俺の子を産んでほしい」

「子を産む……」

あまりに非現実的な言葉はなかなか理解しがたい。

後継者が必要だから産んでくれ、なんてあり得ない。妊娠し出産したとしてその子の気持ちはどうなるのだろう。子を産んだらそれで終わりではない。親として責任を持たなければならないのに。

（それに……子を産むってつまり、この人とそういうことをするってことでしょ……）

彼とのあれやこれやを思わず想像してしまい、いたたまれないやら恥ずかしいやらで頬が熱くなる。自分がその手のことを意識していると知られたくなくて、慌てて彼の顔から目を逸らした。だが彩香の表情から察したのか、彼は一つ頷き、先回りするように言った。

「俺と関係を持つのがどうしてもいやな場合は体外受精という方法を取ろうと思うが……それでは女性の負担が大き過ぎる。なるべく自然な方法で進めたい」

体外受精は、採卵をするときなどにかなりの痛みを伴う、と以前にニュースで観たことがある。彼のために自分がそれをできるかと問われればもちろん否だ。

ただ、子を産んでほしいなどとあり得ない話を持ちかけながらも、女性を気遣うような態度を見せる仁にわずかに驚いた。

結婚も妊娠も必要だから手配する、という事務的な考えのわりに、ずいぶん人間味のある言葉をかけるものだと思った。かといって受け入れられるはずもないが。

(いくらうちがお金に困ってるからって、どうして私なんだろう?)

見合いでもなんでもして普通に結婚すればいいのに。その容姿と地位があれば、自分好みの女性との結婚くらいたやすいだろう。

彩香でなければならない理由でもあるのか。そんな考えが一瞬、脳裏を過《よぎ》るが、すぐに否定する。

彩香は断るべく口を開いた。

「ですから……」

すると、彩香の言葉を遮るように彼が続けた。

「この話をのんでくれれば、宮田金属加工への長期的な融資を約束する。そちらの主力商品であるホーロー鍋を『ＯＮＯＧＡＫＩ』で取り扱えば安定的な収入が見込めるはずだ。宮田の鋳造技術は抜きん出ているからな。宮田金属加工をＯＮＯＧＡＫＩの子会社にし、優秀な人材を確保し職人の育成にも力を入れよう。使ってもらえればわかる、ミヤタの名前を世界中に知らしめたい……だったか？」

彩香は息をのみ、仁を見つめた。どうしてそれをこの人が知っているのか。

あり得ないと思っていたのに、彼の一言で一瞬にして気持ちが揺れる。

それは、ＯＮＯＧＡＫＩの営業担当との電話で彩香が何度となく発した言葉だった。たった一度でも使ってもらえればその良さがわかる。一度でいいから商品を見てほしいのだと。

宮田金属加工の鋳造技術はほかとは一線を画している。ただ知名度を上げるための営業力が足りないだけなのだ。彩香は父や職人の作るホーロー鍋が大好きだし、もっとたくさんの人に知ってほしいとずっと思っていた。だからこそ、ぎりぎりまで粘って頑張ってきた。

（私がほしい言葉を……どうしてこの人がくれるの……）

「うちの鍋……使ったこと、あるんですか？」

そんなわけがない、と思いつつ尋ねる。返ってきた答えは予想外のものだった。

「当然だろう。どんな会社かも知らずに取り引きなど持ちかけない。ミヤタのホーロー鍋は、底が特殊な形状をしている。それが食材を焦げ付かせないための工夫だと推察した。蓋と本体の間に隙間がなく密閉されているため火が通りやすく、素材から出た水分だけで調理できる。素晴らしい技術だ。なにより、あれをたった数人の職人だけで開発したことに驚いた」

彩香はぐっと唇を噛んだ。

そうしなければ声を上げて泣いてしまいそうだった。それくらい彼の言葉が嬉しかった。大企業であるＯＮＯＧＡＫＩの社長が、宮田金属加工の商品を素晴らしいと言ってくれている。それだけで、今までの苦労が報われた気がしたのだ。

「安いものじゃないので、長く、使ってもらえるように、工夫もしてるんです」

言葉が途切れ途切れになってしまったのは、しゃくり上げそうになるのをこらえていたからだ。オーブンでも使えると説明したが、宮田金属加工の商品を調べ尽くしていたのか、彼は頷いただけだった。

「もったいないだろう。そんな技術をここで埋もれさせてしまうのは。だから、君が頭に描いていた理想の会社を俺が作ってやる。それらはもちろん契約書として残すし、結婚する以上、妻の実家となるんだ。君に不自由もさせない」

この人に、もったいないと思われるだけの技術が宮田金属加工にある。銀行で融資を断られ、まるでミヤタブランドには価値がないと言われているように感じた。ささくれだった心が、今日知り合ったばかりの人の言葉で癒やされていく。

「俺と結婚し、俺の子を産んでほしい」

どうすればいいだろう。

彩香のそんな迷いを見抜いたように、仁が真っ直ぐにこちらを射貫くように見つめてくる。

「その子を、後継者にするってことですか？」

彩香はどくどくと激しく高鳴る心臓の音で全身が身震いしそうになるのを押し留めながら、なんとか言葉を返した。

絶対に無理、最初はそう思っていたのに。これ以上話を聞き続けたら了承するしかなくなると頭ではわかっているのに。結婚して彼の子どもを産むなんて。

自分が非人道的な行為を肯定しているようでひどく気分が悪い。それなのに、彼の「理想の会社を俺が作ってやる」という言葉が忘れられず、頭の中をぐるぐると回っている。

もしかしたら、本当にそんな夢のような未来が待っているかもしれない。その予感に胸が沸き立つのを抑えられない。

「あぁ」

「すぐに赤ちゃんができるかどうかもわかりません……なぜ、私なんですか？　小野垣さんはモテるでしょう？　どなたか、普通に結婚できる相手を探せばいいのでは？」

普通に結婚できる相手を探せば、と言いながらも、自分の声がひどく弱々しいことに気づいていた。仁の提案にすっかり魅了されてしまっているのだ。

「それは、無理だ」

「なぜ、ですか？」

「君の知る必要のないことだ」

目の前でぴしゃりと扉が閉じられる。

「そうですか」

しつこく聞いたところで答えは返ってこないだろう。結婚するつもりがないと言っていたことと関係があるのかもしれない。

（よりどりみどりじゃないの？）

モテ過ぎていやになったのだろうか。今まで、金目当ての女性がたくさん近づいてきて辟易《へきえき》しているとか。可能性としてはありそうだ。

けれど、たとえ金目当ての女性が相手だとしても、宮田金属加工を助けるからと契約結婚を持ちかけてくる彼となにが違うのか。わざわざ彩香に声をかけてきた意味がわからない。

「俺は、自分にとって都合のいい妻を探している。それが君だっただけだ」

都合のいい妻。つまり、自分に恋愛感情を抱かない契約妻を探しているのかもしれない。だとしたら納得だ。宮田金属加工を救ってもらう代わりに仮初めの妻となるだけ。自分が彼を好きになることも、彼が自分を好きになることもあり得ないのだから。

契約結婚だけならば、彩香はすぐさま頷いていただろう。

そうできないのは、彩香に性行為そのものの経験がないからだ。乏しい想像力で彼に抱かれるシーンを思い描いても嫌悪感などは湧いてこない。が、実際に身体を重ねてみないことにはわからない。

「俺は、誰かと恋愛をする気はない。家庭を作る気もだ。だからいい父親にはなれないだろう。ほしいのは、口が堅く、金で動いてくれる女だ。宮田金属加工にとっても君にとっても悪くない条件だと思う。衣食住は保障するし、俺と一緒に暮らす必要はない。生活費として十分な金を払う。子作りだけは協力してもらうが、それも月に二度か三度、最低限で構わない。ほかの女と面倒な関係を持つ気もないから、揉め事の心配はしなくてもいい。互いの生活には干渉せず、妻としての役割を果たしてほしい」

彩香にこの提案を持ちかけたのは、金に困っていて、年齢的に釣り合うからのようだ。さぁ、どうすると彼の目が尋ねてくる。

(結婚しても、この人と一緒に暮らさなくていい。暮らせるだけの生活費も払ってくれる。ただ、月に何度か……子作りをすればいい。それでうちの会社は救われる。お父さんたちが手がけてきたものが日の目を見る)

ただ、愛のないセックスを子作りだと割り切れるか。自分には判断がつかない。

(我慢は、できるかもしれない……わからないけど)

よほど特殊な性癖の持ち主でもなければだが。恋愛経験はなくとも大事に処女を取っておいたわけでもない。恋愛をしている暇がなかっただけだ。それでも、やはり躊躇《ちゅうちょ》してしまう。

「聞いてもいいですか？」

「なんだ」

「結婚して、子どもを産んだあとは？」

子どもを産んだあと、彩香は用済みとなるだろう。

その子には会わせてもらえず、その場で子どもを奪われ放り出される可能性が高い。そう思い聞くが、彼は意外なことをさも当然のように言った。

「基本、生活はそのままだ。ただ、俺から離婚を申し出るつもりはないが、君が離婚したいと言うなら応じよう。その後生活できるだけの対価は十分に払う。だが、子どもを後継者とする以上、親権は俺になると思っていてほしい。十分な教育を施すし、産んでもらう以上、その子を大切に育てると約束する。できるだけ母となる君の意思も尊重しよう」

彼に離婚する意思がないならば、彩香はそのまま生まれた子と一緒に暮らしていていいということだ。ならば、自分の子を自分の手で育てられるということ。

選択肢があると思っていなかったため驚いた。子どもを産んだらそれで終わりではないなんて。まさか子どもを産んだあとも結婚生活を続ける気があるとは。

(あ、一緒に暮らさないから……仮面夫婦でいるってこと?)

必要なときだけ、夫婦を演じる。この先も結婚するつもりがないのなら、彩香がそこに収まっていてくれた方が彼にとってなにかと都合がいいのかもしれない。

「では、離婚しなかった場合、私が子どもを育ててもいいということですよね?」

彩香が尋ねると、仁が驚いたように表情を変えた。

意外なことを聞かれた、という顔をしている。

「……もちろんだ。君がそうしたいなら。一人では大変だろうから、ベビーシッターや家政婦もつける。君の両親に会わせても構わない。後継者としての教育は必要になるが……それはまだ先の話だろうからな」

彼の淡々とした雰囲気がほんの少し柔らかくなる。どうしてだろう。彩香の言葉がそれほど意外だったのだろうか。

(どうしよう……)

悩んでいる時点で答えは出ているようなものだ。

仁の要求をのめば、宮田金属加工は存続できる。

父や職人たちが丹精込めて作った商品が、本当に世界中の人々に使われる日が来るかもしれない。鋳造技術を次世代へ繋ぐことも可能になるのだ。

彩香はちらりと目の前の男を覗き見た。

彩香が断れば、男はあっさりと立ち去るだろう。迷いはすでになかった。

「わかりました。その話、お受けします」

この男に抱かれて、自分の中でなにかを失ってしまうのは怖い。二度目、三度目と身体を重ねたとき、自分がどうなっているのかもわからない。事務的にセックスができるのか不安はある。

それでも、この男を信じてみてもいいかもしれない、そう思った。

ミヤタの名前を世界中に知らしめたい。彩香の夢物語のような理想を叶えてくれると言ったこの人なら。

子どもに対して彼の愛情は望めなくとも。その分、自分がその子を大切に慈《いつく》しめばいい。

生活の保障をしてくれるのならば、一緒に過ごす時間はたくさんあるはずだ。

「では、この契約書にサインを」

仁が数枚に渡る契約書をテーブルに置いた。彩香が了承するのを見越して、すでに作成していたのだろう。

そこには、契約結婚に関しての詳細が記載されている。宮田金属加工をＯＮＯＧＡＫＩの子会社とすることや、借金の清算。妻となる彩香の衣食住の保障。離婚した場合の親権。離婚後の生活の保障までつぶさに記されていた。生活はべつにし、互いに干渉しないことという一文を見つけて、胸を撫で下ろす。

彩香の負担は、仁の妻となり、ブライダルチェックを受けた上で、毎月、排卵日を偽りなく報告し、子作りを拒まないことのみ。

「はい。よろしくお願いします」

そうして頭を下げ、彩香は自分の身を売る決意をしたのだった。

第一章

キリンから帰宅した彩香は、両親を前にして緊張を隠せず、胃の辺りを撫でさする。隣には平然とした顔で仁が座っている。

「急な話ではございますが、彩香さんと結婚させてください」

仁は喫茶店での冷ややかな態度を一変させ、和やかな表情で両親に向かい頭を下げた。そこに動揺はまったく見られない。

彩香はと言えば、緊張で口の中がからからに乾き、暑くもないのに背中から汗を流している。

(もう二度と嘘はつかないから……今回だけだから。お父さん、お母さん、ごめんなさい)

彩香は心の中で両親に何度も謝罪し、事務所のテーブルで両親と向き直った。

「あ、頭を上げてください！　小野垣さん！」

父は狼狽えたように目を泳がせる。それはそうだろう。彩香が突然家に連れてきたのは、あのONOGAKIの社長。しかも結婚したいなどという話は寝耳に水に違いない。

「あの……私たちは、彩香と小野垣さんが付き合っていたことすら知らなかったんです。どうして突然」

母は胡乱《うろん》な目で仁を見つめ、動揺を露わに言葉を発した。

「驚くのも無理はありません。彩香さんは、私との付き合いを誰にも言わず隠していましたから」

仁がそう言うと、両親の目が彩香に向けられる。つい先ほど打ち合わせた通りに決められた話をするだけとはいえ、ありもしないことを語るのは苦手だ。

「どうして、小野垣さんと付き合っていることを言わなかった？」

母の隣にいる父も怪訝な顔をして疑問を口にする。

両親が疑いの目を持たないように、自分たちの結婚に関しての設定はかなり細かく詰めた。

仁と出会ったのは、彩香が初めてＯＮＯＧＡＫＩに営業に行ったとき。仁の一目惚れで、交際が始まった。宮田金属加工の状況を知り、以前から援助を申し出てくれていたが、彼と恋人関係であることを笠に着ているようで、受け入れることはできず断っていた。

いよいよ宮田金属加工が倒産の危機に陥り、黙っていられなくなった仁がプロポーズに踏み切ったという設定だ。ちなみに付き合いを内緒にしていたのは、あまりに身分が違い過ぎて口に出せなかった、ということにした。

「お父さんたちには話せなかったの。小野垣さんは、あの『ＯＮＯＧＡＫＩ』の社長だし、私とじゃ釣り合わないってわかってたから。うちが持ち直したとき、彼に施しを受けたんじゃないかって思われたくなかった。結局、持ち直せなくて、彼に迷惑かけちゃってるけど」

つらつらと嘘八百を並べながらも、心臓はうるさいくらいにばくばくと鼓動を弾ませている。大丈夫。バレないはずだ。仁との付き合いを二人に言わなかった理由にも説得力はある。

「俺たちが不甲斐ないから、小野垣さんに頼んだのか？」

父が切なそうに目を細めて彩香をじっと見つめながら言った。

いずれ結婚したとしても、このタイミングだったのは宮田金属加工の苦境が理由ではないのかと。

まるで娘を利用したようで心苦しいのだろう。

彩香はそうではないのだと首を横に振る。

明るい話題のはずなのに、テーブルを囲んだ三人に漂う気配はそこはかとなく暗い。ただ一人落ち着き払っている仁に恨めしい気持ちを抱いてしまいそうだ。彩香は雰囲気にのまれてはならないと、ことさら明るい口調で続けた。

「前々から言われてたの、うちを助けたいって。でも私が断ってたの」

「ええ、彩香さんがこの会社を大事にしてることを知っていましたから、私としてはいつでも援助できる準備はありました。でも……」

そこで仁は隣に座る彩香に視線を走らせる。

彩香は一つ頷いて、彼の言葉を繋いだ。

「恋人に助けてもらうなんて、恥ずかしいでしょ？　自分でなんとかしたかったの」

「私は、そんな彩香さんの意思を尊重していました……でも、このままでは一ヶ月持たず、宮田金属加工はなくなってしまう。ミヤタブランドの価値をわかってもらえないまま。強引とはわかっていましたが、どうにもならなくなる前に助けたかった」

仁の言葉に両親が肩を落とす。

「うちを助けるために、彩香にプロポーズを？」

「それは違います。私が、我慢できなくなっただけです」

さすが大企業の社長と言っていいのか。

設定だと感じさせない演技力で両親を丸め込んでいく。

「我慢？」

切なげに目を細める仁の演技に騙された両親が首を傾げた。

「見ていられなくなったみたい。私が休日返上で働いてたから、デートの時間も取れないって彼が拗ねちゃって。結婚して一緒に暮らせば、時間も取れるでしょう？」

彩香が苦笑しつつ言うと、両親はこの話を真実だと思い始めたのか、表情がやや明るくなる。

「あら、そうなの？　大事にしてもらってるのね」

「うん」

事実無根である内容をさも真実のように話すのはかなり恥ずかしい。

この人が、デートの時間が取れないと拗ねるなんて想像もつかないから尚更だ。むしろ、恋人の存在を忘れて朝から晩まで働いていそうだ。

自分は嘘に向いてないんだな、としみじみ思った。早くこの時間が終わってほしいと切に祈る。

両親を納得させなければ先には進めないのだから。

「それにね……小野垣さんは、うちの鍋を使ってくれてるの。お父さんと職人さんたちだけで開発したのはすごいって言ってくれたの」

この言葉だけは嘘じゃない。

彼は宮田金属加工の作った商品を認めてくれた。素晴らしいと言ってくれた。なくすのはもったいないとまで。だから彩香は、彼の提案をのもうと思ったのだ。

「へぇ～、そうなのか」

父は満更でもなさそうに、口元を緩めた。やはり大企業の社長に認められたことが嬉しいようで、見る人が見ればやはり価値がわかるのだと口にする。

「えぇ、彩香さんのご実家という理由だけではなく、私自身が宮田金属加工の生み出す商品には価値があると、なくすのは惜しいと思っています。その手助けができればと」

「それは……大変ありがたい提案です」

「今後、宮田金属加工はＯＮＯＧＡＫＩの子会社となり、手始めにミヤタブランドの商品をＯＮＯＧＡＫＩで売り出します。それを皮切りにキッチン用品の共同開発も視野に入れておりますので、そう遠くないうちにミヤタブランドの名前は国内に広がりますよ」

「全国展開しているＯＮＯＧＡＫＩに卸すんじゃ、職人の数がまったく足りないだろう」

「それについてもご安心ください。職人を育成するための援助も惜しみません」

「うちにそこまでして、小野垣さんにはなんのメリットもないのでは……」

父は信じがたいという顔を隠しもしない。

「メリットは十分にありますよ。彩香さんの憂いを取り除けば、もう少し私の相手をしてくれる時間が増えるでしょう？」

仁は、惚れ惚れするような深い笑みを浮かべて、愛おしげに彩香を見つめた。

思わず胸が高鳴りそうで、彩香の額はますます汗ばむ。手の甲で額の汗を拭っていると、照れていると勘違いしてくれた両親が「あらあら」という顔で仁を見た。

「彩香を大事に想ってくれて、ありがとうございます」

「娘をよろしくお願いします」

父も母も仁の笑顔にころりと騙されたのか、深々と頭を下げた。

（美形の笑顔って、有無を言わさずに物事を運べる効果でもあるの……？）

最初こそ、信じがたい提案に憤りすら感じたものだが、詳細を詰めれば詰めるほど契約内容は彩香に利があるものとなった。

仁が宮田金属加工に救いの手を差し伸べてくれているのは間違いない。

もう引き返せない。彼は彩香の家を救うべく、すでに動いてくれている。

顔を上げた両親は、泣き笑いのような顔をしていた。

久しく見なかった安堵の表情を向けられて、自分の選択は間違っていないのだと、これで良かったのだとそう思えた。


それから一週間も経たないうちに、品のいいスーツに身を包んだ五十代くらいの男性が家にやって来た。

「竹田と申します」

彼がうちに電話をかけてきた男かと、手渡された名刺と男の顔を交互に見つめた。電話で仁の秘書だと言っていた。隙のない佇まいはできる男という印象である。

「あ、はい、宮田彩香です」

さらに驚くことに、彼は仁以上に表情筋の動かない男だった。

直立不動で真っ直ぐにこちらを見つめてくるため、彩香はつい目を泳がせてしまう。

「こんにちは。えぇと、今日は？」

やることもなく外の掃き掃除をしていた彩香は、箒を持ったまま声を潜めて尋ねた。

この間の喫茶店での話をここでされて困るのはお互い様だ。

「そちらに車を停めてありますのでどうぞ」

早く乗れとばかりに、車の方向にちらりと視線を送られる。

彩香は頷き、事務所に戻ると母に声をかけた。

「お母さん！　ちょっと出てくるね！　ＯＮＯＧＡＫＩの秘書の人だって」

「あら、初めまして。娘がこれからお世話になります。お茶くらい出しますから、どうぞ上がってください」

母がひょっこりと顔を出すと、竹田は礼儀正しく腰を折り、母の申し出を辞退した。

「お気遣い痛み入ります。本日は彩香さんの住まいの準備ができましたので、案内をさせていただこうと思いまして。引っ越しが終わりましたらご両親もお招きするよう小野垣から言いつかっておりますので」

「えっ⁉」

思わず声を上げてしまうと、竹田にじろりと睨まれた。

バレたらどうするのか、と彼の目が言っている。

驚くのは仕方がないではないか。

まさか一週間で自分の住まいが用意されるだなんて思ってもみなかったのだから。ということは、もう引っ越しをしなければならないのか。

住み慣れたこの家を出て、一人暮らしをすることは彩香の憧れでもあった。だが、いざそのときが来てしまうと、寂しさの方が大きい。

「そうだったんですか！　じゃあすぐに引っ越しを？」

母は仁のことを疑いもしておらず、また、その秘書である竹田のことも信頼しきった様子で、嬉々とした笑みを浮かべた。

「ええ、近いうちにそうなるでしょう。引っ越し業者の手配も完了しておりますので。彩香さんには貴重品だけまとめてもらえればと」

彩香はほとんどなにもせずに結婚の準備だけが着々と進められている。もちろん文句などあるはずもないが、結婚とは本来こういうものではないはずだ。

彩香の疑問をよそに母は「大企業の社長さん相手だと、普通の結婚とはやっぱり違うのね～」と一人納得してくれている。

「先日、小野垣さんが挨拶に来られたときに聞き忘れてしまったのだけど、結婚式はいつ頃なのかしら？　入籍もそのタイミングで？」

彩香の両親に結婚の挨拶を済ませた仁は、仕事が残っているからと言ってすぐに帰ってしまった。嘘なのか本当なのかはわからなかったが、きちんと義理は果たしてくれたのだ。

あの人が両親の前で彩香への愛情を語る姿は一生忘れられないだろう。両親を完璧に騙す演技には感心してしまった。

「今日は、そのお話もするつもりで参りました。結婚披露宴は招待客が多いために準備に時間がかかります。今のところ一年後で式場を押さえてありますが、入籍は一年も待てないと社長が駄々を捏ねておりまして。困ったものです。一刻も早く彩香さんと一緒に暮らしたいようで」

竹田は胸ポケットから折りたたんだ婚姻届を取り出してそう言った。

「あら、あらあらっ！　この間挨拶にいらしたときも思ったけど、やっぱり彩香、愛されてるわね〜」

思わず咽《む》せそうになる。

一刻も早く一緒に暮らしたいだなんて。そういう設定だとわかってはいるが、仁のイメージからかけ離れ過ぎて噴き出しそうになる。

あの人が彩香と一緒に暮らしたいと駄々を捏ねるなんてあり得ないだろう。

ちなみに夫の欄はすべて記入済みで、保証人欄にも名前があった。あとは彩香が妻の欄に間違いなく記入すれば、二人は夫婦となるのだ。

（婚姻届も、竹田さんが区役所に持っていくんだろうけど）

そうとは知らない母は、一瞬だけ寂しそうな顔をして、彩香に目を向けた。

「じゃあすぐにお嫁に行っちゃうのねぇ。でも、それほどまで望まれて結婚するなんてなかなかないもの。彩香、小野垣さんに誠心誠意きちんと尽くしなさいね」

「うん。わかってる」

望まれているのは契約上の結婚と妊娠だが。彩香はその言葉をのみ込み、頷いた。

実は、もうここでの彩香の仕事はほとんどない。

工場は活気に満ちていて、両親も職人の顔も明るかった。

宮田金属加工はＯＮＯＧＡＫＩの子会社になり、優秀な経営コンサルタントの手によって生まれ変わろうとしている。今までの利益度外視のずさんな経営体制については容赦なくメスを入れる予定のようだが、父のやり方や職人のあり方はそのまま踏襲していくらしい。

仁はさらに、経営コンサルタントのほかに営業や経理経験のある事務員を数名紹介してくれた。

彩香が思い描く以上の会社になりそうだ。

あとは彩香が彼の都合のいい妻となり、彼の子を産む。望まれているのはそれだけだ。

「じゃあ、行ってきます」

「気をつけてね〜」

母に手を振り、事務所の外に出る。

後部座席のドアが開けられて、ひどく面映ゆい気持ちになりながら会釈をし車に乗り込んだ。車は都心部に向けて走り出す。

「これからブライダルチェックを受けていただきます」

すぐに新しい住居に案内されるとばかり思っていた彩香は驚いて聞き返す。

「今日ですか!?」

「えぇ、生理中でしたら日を改めますが」

「い、いえ……違いますが」

恥ずかしげもなく聞かれるが、男性と生理について話したこともない彩香はさっと頬を染める。

だが竹田は意に介さず淡々とした口調で言葉を続けた。

社長も社長なら、秘書も秘書だ。恥ずかしげもなく子を産めと言ったり、生理ならと口にしたり。

近くで仕事をしていると似るものなのだろうか。年齢は親子ほども離れているし、仁の方がまだ表情に出ているが。

「今まで子宮がん検診を受けたことは？」

「いえ……ありません」

健康診断にお金をかける余裕もなかったのだ。

健康保険で最低限受けられる健康診断さえ受けたことはない。いつか受けなければと思いつつも、日々の忙しさに忙殺され忘れてしまっていた。

「ブライダルチェックの内容は、血液検査や性病の検査、子宮頸がん検査、内診と超音波ですね。最終月経日や周期はご自身で把握されてますか？」

「はい、一応」

返答しながらも、ドラマなんかでよく見る分娩台に座らされるのではと緊張が走る。けれど、それを竹田に言えるはずもなく俯いた。

「女医を指定しておりますので」

「そう、ですか。必要なことですもんね……」

「そうですね。健康診断だと割り切っていただかないと困ります」

契約に含まれているのだ。彩香に拒む権利はない。

健康診断に行く時間があれば、もっと早くに受けていたはずだ。いつかはやらなければならなかったのだと考えるしかない。

産婦人科に着き、恥ずかしげもなく竹田が先に立ち院内へと入る。

待合室にはお腹の大きな妊婦がたくさんおり皆が順番を待っていた。竹田が受付でブライダルチェックであることを告げると、すぐに看護師から声がかけられる。竹田も一緒に行くのかと思っていたが、さすがに診察室には来ないらしい。

「終わりましたら、駐車場へ戻ってきてください。精算の必要はございませんので」

「わかりました」

竹田が出口へ向かうのを見送り、看護師のあとに続く。

診察に案内されるとまずは医師からの問診を受けて、どういう検査を行うかも丁寧に説明された。

検診台での診察は羞恥との闘いだったが、痛みはまったくなかった。エコー画像を見ながら説明されて、特に問題がないことを知らされる。血液検査などを終えた頃には一時間以上が経っていた。

検査結果は後日また聞きに来なければならないらしい。

彩香は駐車場に戻り、高級車の窓ガラスを軽くこつんと叩く。

竹田が気づき、ドアのロックを外し運転席から降りてきた。

「お待たせしました」

「どうぞ」

ふたたび後部座席のドアを開けられて、会釈しつつ乗り込んだ。

「ありがとうございます」

エスコートしてもらわなくても自分で乗れるのだが、とは口に出せずにいる。竹田はいまいち感情が読めないいため、断れば怒られそうで怖いのだ。

「このあと、マンションにご案内します」

「はい。よろしくお願いします」

互いに必要以上のことは話さない。車内の空気は静寂が保たれている。気まずいけれど、竹田と仲良く話ができるとも思えず、口を開きにくい。

病院から十分もかからずにマンションに到着した。

竹田は車寄せから奥へ入ったところにある来客用の駐車場に車を停めた。車から降りると、目の前には芸能人のお宅訪問でしか見たことのないような超高層マンションが建っていた。

「わ……」

彩香はきょろきょろと辺りを見回しながら、呆けたように立ち尽くす。

マンションの周囲には遊歩道があり、その脇には様々な木々が植えられている。中心にそびえ立つこの高層マンションに自分が住むのかと信じがたい気持ちで見上げた。

「ここ、ですか……」

「部屋は二階です。妊娠中になにかあっては困りますから。万が一エレベーターが止まっても、すぐに降りられる方が安心でしょう？」

気の早い話だと思ったが、とりあえず頷いておく。

何階だろうとどうでも良かった。ただ、広い車寄せのスペースにも、その向こうに見える広々としたエントランスロビーにも圧倒されてしまう。

「宅配便などは頼めばコンシェルジュが部屋に配達してくれます。医師の往診も手配できますから、困りごとがあれば連絡するといいでしょう。では、行きましょうか」

堂々とした足取りでエントランスロビーへ足を踏み入れる竹田と違い、彩香は借りてきた猫のように落ち着きなく周囲をきょろきょろと眺めた。自分とは天と地ほども違う別世界といったイメージが強く、ここに住むのだと言われても現実味がない。

「あなたの部屋ですから、設備なども自由に使用してください」

「わ、わかりました」

宅配ボックスの場所などマンションの設備を説明されて、ようやく部屋に案内される。

ドアを開けた先に広がる室内は、自分の想像よりもかなり広かった。

「本当に、ここに一人で住んでいいんですか？」

「もちろんです」

玄関には段差がなく、左手にシューズクロークのスペースがある。そこだけでも二畳ほどはありそうだ。実家にある自分の部屋は四畳半。玄関とシューズクロークだけで彩香の部屋よりも広く、驚きでなにも言えない。

シューズクロークはがらんとしていて、壁に打ちつけられた棚に靴は一足も置かれていない。彩香の靴は片手で足りるほどしかなく、正直宝の持ち腐れである。

廊下を抜けた先にあるのはリビングルーム。

そこはモデルルームと見間違うほど生活感がなかった。壁に掛けられたテレビや、ソファー、ダイニングテーブルといった必要最低限の家具が置かれているだけでがらんとしている。

家具などは黒をベースとしたシックなデザインで統一されているが、整然とし過ぎて、ひどく落ち着かない。

「あの、私一人で住むには広過ぎませんか?」

彩香一人が住む部屋を用意すると言われたら、1Rか1LDK程度だと思うではないか。この部屋の間取りは3LDKはありそうだ。

「もともとは社長が一人で住んでいた部屋ですから、広過ぎるということはないでしょう」

「じゃあ今、小野垣さんは?」

彩香が住むために仁を追い出したのなら申し訳なかった。どこかべつで部屋を借り、必要なときだけ彩香がこちらに来るのでも構わなかったのに。

「社長は現在ホテルを長期で契約しておりまして、そちらにいらっしゃいますので」

「ホテルなんて……あの、小野垣さんがこちらに住まれた方がいいんじゃないですか？　私は一人暮らし用のアパートを借りて、必要なときに通いで来ますから」

「それは認められません。嘘を重ねれば重ねるほど、結婚生活の実態がないことが表沙汰になりやすい。突然、ご両親があなたを訪ねてくることもあるでしょう？　普段生活していない部屋に両親や友人を招き、堂々と振る舞えますか？」

「そう、ですね……難しいかもしれません」

彩香は目を瞬かせる。まったく思い至らなかった自分が恥ずかしい。仁が普段生活している場所に両親を案内し、我が物顔で堂々と振る舞える自信はまったくない。彩香がここで生活をしていなければ嘘はすぐに露呈するだろう。

「ハウスクリーニングの業者が週に二回入ります。家事代行業者が必要ならば、私に連絡を。すぐに手配させていただきますので。一ヶ月の生活費、五十万と奥様名義のカードを用意します。ほかに足りないものがあれば揃えていただいて構いません。部屋も好きに模様替えなさってください」

「五十万⁉」

「足りませんか？」

「とんでもないですっ！」

生活費だけで五十万。それ以外にクレジットカードを渡されるらしい。

自分と違い過ぎて、いい人と結婚できて良かった、なんて浮かれる気持ちは微塵も湧いてこない。

自分に求められていることは、最低限の妻としての役割と子作りだけ。けれど、働きもしないのにいいのだろうか。

「あの、でも、多過ぎませんか……？」

「それくらい大きな仕事をお任せするのですから、当然です」

もちろん彼の言う〝大きな仕事〟とは、仁の子どもを産むことだ。

彩香はただ黙って頷くしかなかった。

「困ったことがあれば、社長なり私なりに連絡を。あと、こちらは排卵検査薬です。その時期はなるべく夜に会食を入れないようしておきます。彩香さんは、体調管理をしっかりなさってください」

竹田から渡されたのは、箱に入った排卵検査薬だ。尿検査で排卵日がわかるらしい。排卵日前後は女性がもっとも妊娠しやすい時期だ。

排卵日を調べて仁に連絡を入れろと竹田は言っているのだろう。そしてその夜に彼に抱かれろと。わかってはいるが、竹田ほど事務的になれない彩香は気まずげに視線を落とした。

「これから先、もし妊娠に至った場合は体調の変化などもあるでしょう。大きな買い物があれば、コンシェルジュに連絡し配送手続きをしてください。ここの鍵のスペアは社長と私が持っていますから」

「わかりました」

「では、こちらにおかけください。早速ですが、婚姻届にご記入を。印鑑は用意しておきました」

四人がけのダイニングテーブルに婚姻届を広げられて、ボールペンを横に置かれる。これに記入し提出したら自分はもう人妻なのだな、とぼんやり考えながら記入していった。

書き終えた婚姻届を手渡すと、竹田が全体をざっとチェックして一つ頷いた。間違いはなかったようだ。

「あとはこちらで手続きを進めておきます。明日以降、ご自身で銀行の口座名義や住民票の移動などをお願いいたします」

これほど実感の湧かない結婚というのは珍しいのではないだろうか。

先のことを考えると、幸福感などはまったくなく、ひたすら気が重くなる。自分に与えられた役割を全うしなければと思ってはいるが、プレッシャーは大きい。

(いやだなんて言えない……そういう契約だって納得してサインしたんだから)

これからは実家の心配をしなくていいのだ。宮田金属加工が変わっていくのを間近で見られないのは寂しいが、悪いようにはならないだろう。

少しでも前向きな気持ちにならなければ。月に多くて三日間の交わりだ。それ以外は自由なのだから、これからは自分に時間をかけることもできる。

「はい」

彩香が神妙に頷くと、この部屋の鍵が手渡された。

やたらと重く感じるのは、気分の問題だろう。

「ほかに質問はありますか?」

「いえ……大丈夫です。ありがとうございました」

「引っ越しの業者を来週に手配しておきます。他人に触られたくないものだけご自身で梱包してください。では、ご実家まで送ります」

「帰りは、大丈夫です。この辺を散策して、スーパーの場所とかも確認したいので」

「そうですか。最後に一つだけ」

「はい？」

「社長に迷惑がかかるような真似は慎んでください。あなたは、今日から社長の妻になるんですから。それを常に念頭において生活を。では、私はこれで」

竹田は会釈をし、玄関から出ていった。

あと数時間も経たないうちに、彩香は仁の妻となる。

本当にこれで良かったのか。疑問が頭をもたげそうになり、今さら考えてはだめだと首を振った。

一人でいると悪い方にばかり考えてしまうようだ。

万が一、彼が女性を手酷く扱うような男性だったら。

誰かと恋愛する気もないし家庭を作る気もない、都合のいい女性だから彩香と婚姻関係を結ぶのだと彼は言った。そんな男性に自分がどう扱われるか、想像するのはやはり恐ろしい。

(きっと……大丈夫)

あのとき、ほかに方法はなかった。彼に抱かれること、彼の子を産むことを除けば、これ以上いい条件で宮田金属加工を救う方法などなかったのだから。

彩香は、震える拳を反対の手で包み込み、自分自身の判断は間違っていないのだと言い聞かせた。

第二章

仁と喫茶店『キリン』で話をしてから、一ヶ月が経った。

彩香は産婦人科からの帰り道、数日分の食料、日用品を買って帰路に就いた。

東京都港区《とうきょうとみなとく》。駅周辺には近代的なオフィスビルや高層マンションが建ち並んでいるが、一歩裏道へ入ると、古い街並みも混在している。

夢の一人暮らし。それも仁と一緒に暮らしていると見せかけるためにファミリータイプの3LDK。ベッドがダブルより大きいクイーンサイズなのは、長身である彼が寝やすいようにだろう。

すでに入籍は済ませ新生活を始めているが、彩香の生活にさほど変わりはない。

大晦日と元日は実家に帰り、何年かぶりのおせち料理に舌鼓を打った。仁の実家には顔を出さなくていいのかと聞かれたが、仁の母が具合を悪くしているらしいと言うと納得していた。

実はまだ、仁の両親には、結婚の挨拶さえできていない。

挨拶に来てくれた仁に聞いてみたのだが『父は仕事で時間が取れない。母は病気で伏せっている』と言われてしまった。これ以上踏み込んでくるな、と言わんばかりの冷ややかな態度で。

彼の両親と親子として付き合いたいわけではないが、普通に考えて結婚の挨拶は必要だろう。だが、いらないと言われてしまえばそれまでだ。自分から彼の家族に積極的に関わっていくつもりもないけれど、なぜなのかと気にはなる。

小野垣家はいろいろと複雑なようだ。新か新の子を後継者にすると言っているのが仁の父親ならば、自分たちの結婚に反対なのではないかと勘繰ってしまう。

だから、彩香を紹介できないのではないかと。

彩香は仁に言われた通りに契約を全うするだけだが、彼の子を産むとしたら無関係ではいられなくなるのでは、という不安もあった。

考えたところで答えは出ないし、仁に聞いたところでまた「君の知る必要のないことだ」と言われるのが関の山。

(ああいう拒絶の言葉ってけっこう重く響くんだよね。でも、今のところ結婚生活と言っても一人暮らしだし……誰に気を使うわけでもないし、こんなにしてもらっていいのかなって申し訳なさがあるんだけど)

この一ヶ月、今までの生活が信じがたいほど穏やかだった。

引っ越しの荷物を片付けるくらいしかすることがなく、あとは近所をぶらぶらしたり、料理をしたり。睡眠も十分に取れているからか、目の下の隈もなくここ最近は体調がいい。悩み過ぎて三十キロ台まで落ちてしまっていた体重ももとに戻りつつある。

ブライダルチェックの結果は問題なし。

もう少し体重を増やした方がいいようだが、妊娠、出産に影響のある病気なども特になく、その他の検査でも異常は確認されなかった。そのことにほっとしつつ、家に着いて早速、教えてもらった仁の連絡先を呼び出した。

SNSなどはやっていないらしく、用があれば電話かメールでと言われたため『検診で異常は確認されませんでした』とだけ入力しメールを送信する。

すると五分も経たずに返信があった。その文面を見て、思わず大声を上げそうになった。

「は、排卵日がわかったら教えろって……」

自分の顔が赤く染まっていくのがわかる。

わかってはいる、わかってはいるのだが。淡々としていて現実味がない。

彼は、彩香と関係を持つことになんのためらいもないのだろうか。

喫茶店のあの日以来、仁と顔を合わせてはいない。婚姻届の提出、引っ越し作業、諸々の手続きを代行したのはすべて竹田である。

彩香はカレンダーを眺めて、ため息をついた。

周期が狂わなければ、おそらく排卵日は毎月二十五日前後。およそ二週間後だ。

妊娠しやすい身体を作るために、なるべく健康的な食生活を送るようにと言われている。もともと料理は好きな方だ。食材に金を使えるからか、実家にいたときよりも健康状態はいい。

そういえば竹田からは、仁に迷惑がかかるような真似をしないでほしいとも言われた。生活費としてもらった金を使い、遊び歩くとでも思われたのかもしれない。

もちろんそんな真似をするつもりはない。むしろ金の使い道がなく、毎月振り込まれる生活費がどんどん貯まっていくのではと怖くなるくらいだ。

買い込んだ食料を冷蔵庫の中に詰め込みながら呟いた。

「そろそろ夕飯の準備でもしようかな」

今まで賑やかなところで生活していたため、部屋に一人きりだと寂しく感じるのだとこの部屋に越してきてから気づいた。いつかは自分も一人暮らしをしてみたいと考えていたのに、ここのところ独り言がやたらと多い。

それに、一人分の料理は案外難しく、作り過ぎてしまうのも難点だ。

やたらと実家にお裾分けしていては、仁が家にいないことがバレる可能性がある。そのため仕方なく昼と夜に分けて同じ料理を食べていた。

仁と一緒に暮らしたいわけではないが、この結婚生活は間違いなく自分が夢見ていた結婚とは隔たりがあった。恋愛をしてみたい気持ちはまだあるものの、こんな契約をしてしまってはそれも難しいだろう。

彼と恋愛――そう考えて、ぶんぶんと首を横に振った。

仁とは契約で繋がっているだけ。恋愛感情など持ち得ないはずだ。それに、彩香が恋愛感情を持ってしまったとしても、彼がそれを受け入れるとは到底思えない。

（そうだよ……あの人は誰とも恋愛をする気がないって言ってた。なんでかはわからないけど、都合のいい女性として私が選ばれただけなんだから）

寂しいからおかしなことを考えてしまうだけ。

実際、金策に走っていた頃は、金以外のことで悩む暇さえなかった。毎日生きていくことに必死で、自分の未来を考える余裕はなかったのだ。

誰かに愛され、愛することを望んでしまうのも、きっと余裕があるからなのだろう。

(子どもができたら、寂しくなくなるかな)

利己的な自分の考えがいやになる。

契約なんてあり得ないと思っていたのに。子どもができたら、なんて。

＊＊＊

数日後。彩香は、友人の和田美奈子《わだみなこ》を部屋に招いた。

美奈子から連絡があったのは一週間ほど前。

結婚するまでは金策に走っていたため忙しく、高校時代からの親友と言える相手なのに、すっかり連絡するのを忘れてしまっていた。当然、その報告もしていない。

美奈子から近況を尋ねる連絡が入り、結婚したことを伝えると、今日わざわざ仕事を休んでまで会いに来てくれたのだ。

「入って入って！」

「わぁ～すごい部屋！　なんて羨ましい！」

マンションのエントランスからすでにこの状態だった美奈子を部屋に案内すると、彼女はさらに声高にいいないいなと玄関先で叫んだ。

隣の部屋とはそれなりに離れているため声は聞こえないと思うが、実家にいた頃の癖でつい「もう少し静かにね」と注意してしまう。

ただ、美奈子の気持ちはよく理解できる。彩香もまだここを自分の家とは思えない。

「すごい部屋だよね。私もまだ慣れないの」

「ほんとだよ。こういうところに住んでる人ってやっぱり大企業の社長なのね。はぁ、すごい。シューズクロークもひろーい！」

美奈子は玄関から入って左手にあるシューズクロークを覗くと、おやと首を傾げた。

「あれ？　旦那さんはまだ一緒に住んでないの？」

「え、え……？　どうして？」

どうしてバレたのだろう。その答えはシューズクロークの中にあった。美奈子の視線を追うように中を見て、彩香の顔からさっと血の気が引いていく。

(たしかに、男性用の靴がないのは……おかしいよね……どうしよう)

普段、同じ靴ばかりを履いているため、シューズクロークはほとんど使っていない。

自分の靴も二、三足置いてあるだけでがらんとしている。十分に足りる生活費をもらい、さらに仕事を辞めてしまった今、新しい靴は不要だったのだ。だから余計に違和感がある。

なんとか取り繕い聞き返すと、さも当たり前のことのように彼女はシューズクロークを指差した。

「旦那さんの靴、一足もないし。つか、あんたのも全然ないけど」

「あ～実は……まだ引っ越しが済んでなくて！　彼、仕事が忙しいから……」

しどろもどろになりつつ誤魔化す。背中にじっとりといやな汗が流れていく。

「ふぅん、そうなんだ。とりあえずお邪魔するね」

「う、うん！　入って！　飲み物準備するから」

美奈子をリビングに案内し、動揺を押し隠しながらキッチンへ行く。

おかしいと思われただろうか、ちらりと美奈子を見ると、物珍しそうにきょろきょろと室内を見回している。

親友に契約結婚のことを話すかどうかは、実のところかなり悩んだ。

けれど、考えた末に話さないことに決めたのだ。正義感の強い彼女のことだ。契約内容を知ったら怒り狂うだろうから。

（失敗したな。人目につくところは片付けてるし、気づかれないものだと思ってたけど。詰めが甘過ぎ……）

美奈子がおかしいと思うのは当然だ。

結婚して一緒に住んでいるはずの夫の靴が一足もないなんておかしい。それどころか、この部屋には仁の痕跡がいっさいないのだ。靴どころか服も、歯ブラシなどの備品すら。

勝手に部屋を荒らすような真似はしないだろうが、どこでバレるか気が気じゃなかった。

（誤魔化せたかな）

実際、この部屋に住んでいるのは彩香だけだし、美奈子がそこかしこに違和感を覚えてもおかしくない。それに、親友に黙っている心苦しさもあり、ため息が漏れる。

「ごめんね、お待たせ」

紅茶をティーポットに淹れてテーブルに運んだ。

ソファーに腰かけた美奈子は、礼を言いつつティーポットを取り、カップに注ぐ。

「ありがとう。で？　彩香は男と遊んでる暇なんてなかったはずよ？　運命的な恋に落ちてって顔でもないのよね。ここには一人で住んでるみたいだし、なにがどうしてこうなったの？　ちゃっちゃと喋った方が楽になれるわよ？」

「なにそれ……取り調べ？」

彩香はがっくりと肩を落とした。

「ほらほら、吐いちゃいな」

美奈子には誤魔化していたことがバレバレだったようだ。シューズクローク以外のどこで一人暮らしだとバレたのだろう。

「恋愛結婚したって思ってくれないの？　そんなにバレバレだった？」

「バレバレもバレバレ。まずね、結婚したことを私に報告し忘れるなんてあり得ない」

「はい……ですね」

恋人ができたら必ず美奈子に話すはずだ。それが結婚なら忘れるはずがない。話さなかったのは、いまだに結婚したという自覚がなかったからだ。

「それに、彩香のことだから実家のことが片付かない限り、恋愛なんてする気分にはなれないはず。

セレブな男性と出会って、実家の問題を片付けてからスピード婚でもしたのかなって最初は思ってたんだけどね」

「実は、本当にそんな感じなの」

間違ってはいない。

セレブな男性に契約を持ちかけられ、実家の問題を片付けたのと同時に結婚したのだから。だが、美奈子は目を細めて「誤魔化すな」と言いたげな視線を向けてきた。

「だけど、セレブな男の痕跡がどこにもないのよね。靴が一足も置いてないのは怪し過ぎだし。さっき彩香がティーカップ取るとき食器棚の中が見えたの。どう見ても一人分でしょ。詰めが甘過ぎるわよ、彩香」

美奈子の言う通りだ。彩香はがっくりと項垂れた。靴に食器、いずれにせよバレていただろう。むしろ、両親を部屋に呼ぶ前で良かったと思った。彼女に指摘されなければ、両親にも、仁が常に不在であることを気づかれてしまっていたかもしれないのだ。

「なにか事情があったんでしょ？　聞かせて」

「はい……」

観念して、彩香はすべてを話すことにした。

宮田金属加工を助ける代わりに、契約結婚をして彼の子どもを産むこと。仁とは生活をべつにしていて、排卵日とその前後一日だけ彼がこの部屋に来ること。

すべて話し終えたあと、彩香は喉の渇きを覚えてティーカップを傾ける。

美奈子は衝撃を受けたように放心すると、しばらくの間、眉間に深いしわを刻み考え込んでいた。やはり納得できないとばかりに難しい顔をしている。

「彩香、その男に抱かれたの？」

「ううん、まだ。排卵日が来てないから」

彩香が首を緩く振ると、美奈子に痛ましい視線を向けられた。怒っているというより、悲しそうだった。心配してくれているのだろう。

「好きでもない男に抱かれるって、彩香が思うより簡単じゃないよ。ましてや妊娠なんて……好きでもない男の子どもを身籠《みごも》るなんて……」

美奈子は重苦しいため息を吐き出しながら言葉を紡ぐ。

彩香は頷くしかない。言われるまでもなく散々考えた。

ただ、想像した上でわかったふりをしているだけで、実際、仁に抱かれて自分がどうなってしまうか、本当のところはわからない。そのとき、どういう感情を抱くのかなんて、見当もつかなかった。

彩香がなにも言えず口を噤んでいると、美奈子が深刻そうな声色をやや柔らかくして続けた。

「やめなよって言いたいけど、私じゃ彩香を助けてあげられなかったからなにも言えない。それしか方法がなかったのなら尚更。ご両親を悲しませないために、彩香が必死に頑張ってきたの知ってるもの」

「うん……」

「でもね……ありきたりな言葉になっちゃうけど、自分を一番大事にして。もしどうしようもないほどいやな目にあったら、逃げることも考えて」

美奈子は泣きそうに顔を歪ませてそう言った。実家のことがあるから怒りを抑えてくれているが、納得はしていないだろう。

「うん、わかった」

今まで、逃げるなんて考えもしなかった。

美奈子にそう言われて、少し気が楽になる。

(どうなんだろう……あの人に抱かれたら、いやだって思うのかな)

仁に対しては感謝の気持ちが大きい。契約結婚とはいえ、彩香のために部屋を用意し生活費などの面倒まで見て。宮田金属加工を救うためにかかる金銭的な負担はかなり大きいはずだ。

「ま、豪邸で一人暮らしだと思えば、少しは気楽に考えられるかもね」

美奈子は、彩香の不安を払拭するような明るい口調でそう言った。

「そういえば、妊娠して子どもが生まれてもこの部屋で暮らしていいって言われてるの。子どもだけ奪われてもおかしくないと思ってたから、驚いた」

「そっか。ねぇ、イジワルな質問だと思うけどさ。好きでもない男の子どもを愛せる？」

その問いもまた何度も考えたことだった。

あの喫茶店で契約結婚を持ちかけられてから、婚姻届を記入するまで、何十回、何百回も。

「そういう行為も初めてだし、それこそ妊娠経験も出産経験もないから不安ばっかりなんだけど、大丈夫だと思う。私……あの人のこと嫌いじゃないんだ」

そう、嫌いじゃない。それどころか信頼してしまっている。

どうしてもいやだったら体外受精という方法もあると、彩香に選択肢を与えてくれた。ミヤタブランドを世界中に知らしめたい、その希望を叶えてくれようとした。彩香の理想の会社にしてくれると、ほしい言葉をくれた。

言ってみれば、ただそれだけのこと。騙されていてもおかしくなかったのに、あのとき、この人ならばと思ってしまったのだ。

「嫌いじゃない、か。それなら良かった。なにかあったらちゃんと話してね」

「うん。もちろん。あ、今日のことは……」

「当然、誰にも言いません。あとはこの部屋、もう少しなんとかした方がいいわよ？　私にバレるくらいだから、ご両親も絶対に気づくでしょ。一緒に暮らしてなくても男性物の服や靴を置いておいた方がいいわ」

「そうだよね、小野垣さんに相談してみる。ありがとう」

彼女に隠し事をせずに済み、ほっとした。

「美奈子は最近どうしてたの？」

「あ、そうそう！　聞いてくれるっ？」

久しぶりに穏やかな気持ちで美奈子と話す。

半年ほど前に会ったときは、実家の心配ばかりで彼女の話を聞く余裕すらなかった。

美奈子の近況報告も聞いて、三時間ほどで彼女は帰っていった。

二十一時を過ぎた頃、相談したいことがあると仁にメールを送った。すると、すぐに電話がかかってくる。

テーブルの上で震えるスマートフォンを眺めながら、こくりと唾を飲み込んだ。

仁と直接話すのは『キリン』で会ったとき以来で、どことなく緊張してしまう。すぐに電話をくれるとは思っていなかったため尚更だ。

「も、もしもし」

『相談とはなんだ？』

挨拶すらさせてもらえず、そう切り出されて、本当に無駄のない人だなと呆れるのを通り越して感心してしまった。

仕事もそうやって進めているのだとしたら、さぞかし効率がいいだろうなと。

「あの……実は今日、友人を家に招きまして。契約結婚であるとバレてしまいました。申し訳ありません」

『バレた？　なぜ？』

「シューズクロークに旦那さんの靴を置いてないのはおかしいと指摘されました。あとは、食器が一人分しかないって」

彩香が事情を説明すると、電話の向こうからため息交じりの声が聞こえた。彩香のあまりの愚鈍っぷりに失望したのかもしれない。

『必要な金は振り込んだ。それに、竹田からクレジットカードを渡されなかったか？　部屋は好きに変えていいと聞いているだろう？』

「はい、受け取っています」

婚姻届を提出したあと、しばらくして彩香名義のクレジットカードが届けられた。生活費として五十万円も振り込まれているためほとんど使っていない。クレジットカードを持ったことがなく慣れないのだ。

『その金で、夫と暮らしているカムフラージュくらいはすると思っていたんだが。シューズクロークに君の靴しかなかったらバレて当然だろう』

どうやら、部屋を好きに変えてもいいという言葉は、契約結婚だとバレないように工夫しろという意味だったらしい。

（そんなのわからないよ……っ）

美奈子にバレるまでまったく思い至らなかった。

契約結婚を受け入れておいて察しが悪過ぎる、と呆れさせてしまったかもしれない。ふたたび疲れたようなため息が電話口から聞こえてくる。

『用件はそれだけか？』

「はい」

『なら、必要なものは竹田に用意させる。じゃあ』

電話が切られて、ツーツーと無機質な音が鳴り響いた。

（電話が一分もかからずに終わった……）

冷たい人だとは思わないが、効率重視なのか、不要な会話はいっさいしたくないという空気を感じた。

（呆れられちゃったよね）

怒られた方がまだマシだったかもしれない。彩香は拗ねた感情を持て余しながら、スマートフォンの画面を見つめた。

それから何日も経たないうちに、竹田と共にデパートの外商担当のスタッフがやって来た。ワイシャツやスーツ、下着や靴下など一通りのものが揃えられ、さらにバスルームには男性用のシャンプーやシェービングクリームなども置かれた。なんとも芸が細かいことだ。

ついでとばかりに食器棚もチェックされると、外商スタッフがいい笑顔で「また明日お持ちします」と言い、弾んだ足取りで帰っていった。

契約結婚がバレて困るのはお互い様で、この部屋には彩香が一人で住むのだから、こういった用意をするのは自分の役目だった。

帰り際、彩香を見る竹田の目が「社長に迷惑をかけるな」と言っているようだった。表情は変わっていなかったから、彩香の気のせいかもしれないが。

自分は仁に甘えてばかりだ。宮田金属加工を助けてもらっておきながら、仁の妻になったという自覚などまったくなかったのだから。

嘘が下手な自分は、契約だと思うとぼろが出てしまう。

バレたのが彩香の友人である美奈子だったから良かったものの、それこそ社長の座を狙っているという彼のいとこにバレでもしたら。

(契約だって思うからだめなのかも。小野垣さんの奥さんになったって思わないと……)

彼は自分の愛する夫である。

デートの時間が足りないと拗ねてしまうくらい、自分は愛されているのだ。

彩香はその設定を今一度思い出し、今度こそと固く決意するのだった。

第三章

仁と電話をしてから二週間後。

朝一番で検査を終えてトイレから出た彩香は、間違いはないか何度も判定ラインを見る。

「あ……出てる」

はっきりと陽性を示すラインが入っていた。説明書によると、判定ラインに陽性が出た翌日が排卵日らしい。つまり、排卵日は明日。

（排卵日を含めた前後一日にするって言ってた。つまり……今日から三日間）

彩香は、震えそうになる手でスマートフォンを操作し、仁にメールを送った。契約だとわかっていても、仕事が忙しく来られなければいいのに、と祈るような気持ちになる。

けれどすぐに彩香の期待は打ち砕かれた。仁から「仕事の調整をさせる。二十時過ぎに行く」と返信があったのだ。

いよいよ今日、彼に抱かれる。そう思うと緊張でいても立ってもいられない。

仁が部屋に来るまで十時間以上はあるというのに。

「と、とりあえず……お風呂？　それはあとでいいか……シーツ、洗おう……うん」

彩香は寝室に戻り、シーツや枕カバーを剥がした。洗濯機を回している間、バルコニーにある物干し竿に掛け布団を干して、スプレータイプの消臭剤を吹きかけておく。

一息つくと、腹がきゅるると音を立てた。そういえば朝食がまだだったと急いでキッチンへ向かう。なんだか今朝は毎日のルーティン通りにいかない。落ち着かなければ。

前の日に作っておいたポトフを温める。使っているのはもちろんミヤタブランドのホーロー鍋だ。カフェインレスのコーヒーを淹れて、トースターでパンを焼いた。レタスを手で千切り、キュウリとトマトと合わせただけのサラダにスクランブルエッグ。

実家にいた頃は、こんな風にゆっくり朝食を摂る暇もなかった。特にパンは毎日食べようと思うとそれなりに高くつく。朝食はいつもご飯と玉子焼きと漬物だった。

この部屋に来てから肌の調子がいいのは、やはり夜ゆっくり眠れることと、栄養の行き届いた食事を摂れる環境にあるからだろう。資金繰りに頭を悩ませ眠れない日々が続いていたが今は違う。両親もまた、仕事があり忙しいことが幸せだと、彩香と仁のおかげだと口を揃えて言う。

(良かった……本当に)

自分の選択は間違っていなかった。仁は約束を守ってくれたのだ。ならば、彩香も応えなくてはならない。

むしろ、今日の今日までなんの役にも立てなかったことを心苦しく感じていたくらいだ。

洗濯物を別室に干し、部屋を掃除していく。ハウスキーパーは結局断った。

働いている人の横で自分だけが寛ぐという状況は想像以上にきつかった。一緒になって掃除をする彩香に来てくれたスタッフも困り顔をしていたものだ。

渋る竹田に、妊娠後は必ずハウスキーパーを頼むこと、と条件を出されたが、それは仕方がないだろう。

仕事を辞めてしまった彩香は、毎日暇を持て余している。本当は宮田金属加工でそのまま働いていたかった。だがそれに反対したのは両親だ。

これからは自分のために時間を使えばいいと言われてしまうと、無理を通す気にもなれない。彩香のことを考えての言葉だとわかるから余計に。

なにか仕事はないかと竹田に聞けば、暇なら買い物に行くなり、遊びに行くなりしたらいいと言われ唖然とした。社長に迷惑がかかるような真似は慎め、と社長の妻であることを念頭に置けと言っていたのに。

それに、貧乏暮らしに慣れている彩香が贅沢な生活などできるはずもない。というか、贅沢の仕方がわからない。

そもそも住んでいる世界が違う。自分とは価値観が違い過ぎる。一緒に暮らしていたらその違いも歴然としていただろうから、別居生活で良かったと心底思った。

「よし、掃除終わりっと……あとはなにしようかな」

各部屋を掃除していると一時間くらいはあっという間だ。だが、まだ昼にもなっていない。

今まで自分が、どれだけ仕事中心の生活をしていたかを突きつけられた気分がした。

二十時を過ぎた頃、玄関のインターフォンが鳴った。

彼からのメールで来訪時間は知らされていた。予定時間ぴったりだ。一時間前に風呂に入り、できる限り身体を磨き上げた。

よし、と意気込み肩を震わせて立ち上がる。動揺していたのか思いっきり足先をテーブルにぶつけてしまい、喉の奥から「ぐぅ」とおかしな声が漏れた。

「あぅ……い、痛い……」

足を引きずりながら玄関のドアを開けると、およそ一ヶ月ぶりに会う仁が立っていた。

「こ、こんばんは。お疲れ様です」

彼は自分の夫、と頭の中で何度も唱える。しかし夫との会話がどんなものかなど彩香にわかるはずもなく、結局しどろもどろになってしまう。

このあとの展開を考えると気まずくてどうしようもない。覚悟を決めたとはいえ「さぁ致しましょう」とウェルカムな態度でいられるはずもなかった。

「あぁ」

返された言葉は素っ気ない。彼の態度は、以前電話で話したときとまったく変わらなかった。子どもをもうける目的のために好きでもない女を抱くことなど、なんとも思っていないのか。

勝手知ったる足取りで部屋に入ってくるものだとばかり思っていたのだが、仁は彩香を先に促しあとをついてきた。彩香としてはこの部屋に住まわせてもらっているだけで、部屋の主はまだ仁だと思っているのだが。

ぎくしゃくしながら仁をリビングに案内する。ここからどうしようかと思い悩んでいると、ドアを開け、室内を見回した仁が口を開いた。

「ほとんどなにも変わっていないな」

仁が話しかけてくれたことに安堵し、頷いた。

「もちろんです。カムフラージュ用の服や靴は届けてもらいましたけど。食器とかも」

もともとは仁がここに住んでいたと聞いた。彼の好みで揃えられた家具なのだろう。自分がそれを勝手に変えるのは気が引けるし、なにより使える家具を捨てて買い換えるという考えはまったくない。

キッチン用品を買い足してもらったくらいで、あとは与えられた部屋をそのまま使っている。

仁はなにか言いたげな視線を向けてきたが、結局「そうか」としか言わなかった。

「お茶とか飲みますか？　お食事は……」

彼は自分の夫、そして私は妻。その言葉を頭の中で繰り返し、母のやっていたことを思い出して声をかけた。

「飲み物も食事もけっこう」

「そうですか」

言い切られて肩を落とす。会話がまったく繋がらない。

彩香としても仁と食事を共にしたいとは思っていない。

だが、本当に彼はまともに夫婦生活を送る気がないのだなと実感してしまい、自分が思い描いていた結婚生活との乖離《かいり》に落ち込んでしまう。

まさか、愛のない結婚生活を送り、一人で高級マンションに暮らすなどと、ほんの一ヶ月前までは想像もしなかった。覚悟していたとはいえ、この婚姻が契約であることを突きつけられた気分だ。

手持ち無沙汰になってしまった彩香は、仕方なく自分用に麦茶を入れることにした。

「じゃあ、私だけいただきます。あの、飲み物が必要だったら言ってください」

「あぁ」

彩香は食器棚からグラスを取り出し、冷蔵庫に作ってある麦茶を注いだ。

すると、カウンターの向こう側に立った仁が、なぜか彩香の手元をじっと凝視してくる。見られていると緊張で手が震えるではないか。いったいなんなのだろう。

窺うように目を向けると、わからないと言いたげな表情で仁が麦茶のボトルを指差した。

「それ、作ってるのか？」

「それ？　あぁ、麦茶ですか？　はい」

仁の質問の意図がまるでわからず、困惑する。

麦茶を作っていることを不思議に思ったようだが、いけなかっただろうか。宮田家では常に二、三本のボトルが冷蔵庫に常備してあったため、当然、引っ越してからも作るのが当たり前だった。

「なぜ？」

「なぜって……飲み物、必要じゃないですか。水道水じゃ味気ないし」

むしろ、なぜそんな不思議に思うのか、よくわからなかった。

「ペットボトルの飲料水を買えばいいだろう。コンシェルジュに頼めば部屋まで運んでくれる」

「非常用なら買ってありますけど、ペットボトルのお茶を毎日飲むのはもったいないので」

「もったいない……？」

彼は心底不思議そうに眉を寄せた。

彩香の考えがうまく伝わっていないことにようやく合点がいった。百円ちょっとで買えるものをわざわざ作る意味がわからないに違いない。

仁の家では、おそらくこうして麦茶や緑茶を煮出して作ってはいなかったのだろう。経済的に困窮していた宮田家とは価値観が違う。どちらが正解という話ではない。

「今度、小野垣さん用にペットボトルのお茶を買っておきますね」

「いや、いい。やっぱりそれをもらえるか？」

仁が指差したのは、彩香が煮出して作った麦茶。これでいいのかと驚きの目で仁を見つめると、頷かれた。仁の分のグラスを用意し、八分目まで注ぎテーブルに置く。

「どうぞ」

仁は椅子に腰かけもせずに、ぐいっとグラスの麦茶を一気に飲み干すと、バスルームに足を向けた。

「シャワーを借りる。バスローブは？」

「たしか、脱衣所の棚に」

外商スタッフがバスローブを用意してくれたはずである。ちなみに彩香は、バスローブを使ったことがない。

「わかった。準備はできてるな？　寝室で待っていてくれ」

寝るときはパジャマがあるのだから必要ないのではと疑問に思っていたが、すぐに脱ぐようなときはたしかに便利かもしれない。じりじりとそのときが近づいているのがわかると、焦るあまり麦茶を一気に飲み干し咽せてしまう。

「げほっ、げほっ……は、はいっ！」

仁の背中を見送った彩香は急いで寝室へ入る。

（枕カバーよし、シーツよし……掛け布団の匂いよし。どうしよう……緊張する……）

寝室を見回して、ヘッドボードに埃が溜まっていないかを再度チェックをしてから、落ち着きなくベッドに腰かけた。

壁に掛けられている鏡にふと自分の姿が目に入ると、全身から汗が噴き出てきた。

（そういえば……化粧とかした方が良かった⁉　しかも、Tシャツとジャージって！）

することで頭がいっぱいだったせいで、自分の格好を仁がどう思うかなど考えもしなかった。

ベッド周りをいくら綺麗にしても、こんなぼろぼろの自分に興奮などできようか。

普段からほとんど化粧などせず、風呂に入ったあとはTシャツ、ジャージを部屋着にしている。

それが仇《あだ》になった。

（習慣って怖い……）

バスローブにすれば良かったのに、どうして考えつかなかったのだろう。

（小野垣さんはなにも言わなかったけど……女として終わってる、くらい思っただろうな）

明日は絶対に化粧をしよう、そう心に決めて、部屋の明かりを間接照明だけにした。

あまり顔を見られなければすっぴんであることも気にならないかもしれない。Ｔシャツとジャージはもうどうしようもないが。

背後でがちゃりと寝室のドアが開けられた。

「ひぇっ！」

跳び上がるほど驚いてしまった彩香は、体勢を保てずベッドにごろんと転がってしまう。

「なにをやってるんだ？」

「いえっ、なにも！」

寝室に現れた仁の髪はまだわずかに濡れていた。

彼のバスローブ姿はまさに水も滴るイイ男である。合わせ目から覗くゴツゴツとした鎖骨や胸の筋肉が男の色香を感じさせて、ますます緊張が高まった。

「あの」

彩香は身体を起こし、ベッドで正座をし三つ指をついた。

「なんだ」

一人分の距離を空けた場所に腰かけられて、胸の音がうるさいくらいに鳴り響く。いよいよ、と思うと、シーツに置いた手がかすかに震えてしまう。

愛のないセックスはどういうものなのかと想像しようとしても、愛のあるセックスさえしたことのない彩香にはわからなかったのだ。

ただ、仁へのわずかな信頼で、ひどいことはしないのではないか、と期待しているだけで。

「私……男性と付き合ったことがなくて」

おそるおそる口に出す。

まさか二十八歳にもなって経験がないとは思っていないだろう。処女と経験者でなにが違うのか彩香には具体的にはわからないが、慣れていると思われるのは困る。

だが仁はそんな彩香の不安をよそに、さも当然のような顔で頷いた。

「知っている」

「そうなんですか？」

「調べたに決まっているだろう？　ほかに男がいる女性を結婚相手に選ぶはずがない。性に奔放な女性もな。君が男に抱かれたことがないのもわかっている……だから」

「あの……じゃあ……優しくしてくださいますか？」

仁がなにかを言いかけていることに気づかず、言葉を重ねてしまう。

初めてだと知っているのならば、おそらく乱暴にされることはないだろう。

「あの？」

彩香は指をついたままおずおずと顔を上げて、窺うように仁を見つめた。

仁はなぜか押し黙ったまま、彩香の顔を凝視する。感情は読めない。けれど彩香には、仁が戸惑っているように見えた。

「……っ、もちろん、配慮はする。が、完全に痛みをなくすのは、難しいかもしれない」

仁はしばらく黙ったまま逡巡していたようだが、ぽつぽつと申し訳なさそうにそう言った。まったく感情が表に出ないわけでもないのだなと思うと、不思議と気持ちが落ち着いていく。

「大丈夫です。全部、あなたにお任せします」

覚悟を持って声をかけると、仁の腕が伸びてきて腰を抱いた。ぶっきらぼうで素っ気ない態度とは裏腹に、彼の手は驚くほど優しかった。

彩香が身体から力を抜いたのがわかったのか、さらに仁の身体が近づき、肌と肌が触れ合うほどに密着する。

「いやじゃないか？」

いやではないが、初めて男性に抱き締められるという経験をして、心臓が壊れてしまいそうなほど早鐘を打っている。彩香は声を出さず、仁の胸の中で頷いた。

それを了承と取ったのか仁の顔が近づいてきて、頬に唇が触れた。口づけをされると思っていたが、彼の唇はそのまま首を伝い、鎖骨を辿る。

(口にキスは、しないんだ……)

その事実に驚いている自分がいた。唇にしてほしかったわけではないのに。

(そうだよね、キスなんて、必要ないし)

むしろ、契約を盾に前戯なども なく事を進められる可能性だってあったはず。そうでなければいいと思っていたが。肌を滑る彼の手も唇も驚くほど優しく、嫌悪感はまるでない。

自分たちは普通の夫婦ではないのだから、そういうこともあるだろう。わかっているのに、なぜか虚しさが胸を突く。

「俺に触られていやじゃないか？」

あらためて気遣うような口調で問われる。

「だい、じょぶ、です」

すると腰の括れを撫でられて、おかしな声が漏れそうになった。

「……っ」

Tシャツを脱がされ、キャミソールやブラジャーを取り払われると、彼の視線が胸に刺さり羞恥でいっぱいになる。

もちろん今まで男性に裸を見られた経験もない。ダサいTシャツを早々に脱げたのは幸いだが、貧相な乳房を見て、仁がどう思うのか気になって仕方がなかった。

「痛かったり、どうしても我慢できなくなったりしたら言ってくれ」

大きな手のひらに乳房を包まれる。さらに、指先で乳首を摘まれ、軽く捏ねられると、全身がびくびくと跳ねて恥ずかしくてたまらない。

「……っ、ん」

くにくにと絶妙な手つきで刺激を与えられて、吐息のような声が漏れる。痺れるような感覚が胸の先端から広がり、全神経がそこに集中していくようだ。

捏ねられ、軽く引っ張り上げられ、指の先で上下に爪弾かれる。徐々にそこが硬く凝ってくるのがわかる。すると先ほどよりも敏感になった乳首を両方の指先で転がされて、腰が重くなるような快感が生まれた。閉じていた足が徐々に開き、乳首を弄られる度に足先を揺らしてしまう。

「は……っ、ん、ん」

喘ぐような声が漏れて、慌てて口に手を当てると、やんわりと外された。

「べつに声は我慢しなくていい。隣の部屋には聞こえない」

この広い部屋で隣に聞こえる心配はしていない。

ただ仁の愛撫に感じている自分が恥ずかしかっただけだ。仁の手つきがますます淫猥《いんわい》になっていき、勃ち上がった乳首をくりくりと激しく捏ね回されると、いよいよ声が抑えられなくなる。

「あ、あっ、や」

背中を浮き上がらせて甘く喘ぐと、胸の先端が彼の口の中に含まれた。

指で弄られていたときよりもずっと刺激的な快感に襲われて、彩香はいやいやと首を左右に振った。ぬめる舌で乳首の先端を舐め回される。舌がぬるぬると行き来する度に全身に熱が広がっていく。仁の愛撫は絶妙で、彼がこの手のことに慣れていると感じさせるものだ。

気持ちいいのだと自覚すると、気持ちが昂り、ますますあられもない声が漏れてしまう。

「あぁぁっ」

じゅっと強く吸われた瞬間、足の間に湿った感覚がして、肌がじっとりと汗ばんだ。

自分の秘めた部分が濡れている。身体が彼に抱かれる準備をしているのだとわかっても、ひどくいたたまれない。

いつのまにか開いていた膝が左右に揺れて、足先が落ち着きなくシーツをかいた。手際よくジャージが脱がされて、ショーツの中に彼の手が入り込んでくる。

「あ、あ……だめ、それっ」

仁の指先が、秘裂の上をぬるりと滑ったのがわかった。

胸を弄られただけで濡れてしまった自分が恥ずかしくてたまらない。それを仁に知られてしまうことも。

思わずぎゅっと目を瞑ると、優しげな手つきで髪を撫でられる。

「……？」

冷たい人だと思っていたわけではないが、その意外さに驚いてうっすら目を開けると、表情は相変わらずだったが、こちらを気遣うような瞳に見つめられた。

まるで大丈夫だと言われているようだ。

(髪……撫でられるの、気持ちいい)

どうしてだろう。契約結婚を持ちかけてくる彼に優しさなど感じたこともないのに、髪を撫でる手の心地好さに包まれ、安心してしまう。

そのまま額や頬に口づけられ、強張っていた身体から力が抜けていく。その間も、仁の指先は探るようにぬるついた陰唇をなぞっていた。指先を上下に動かし、愛液を指に絡ませる。

「はぁ……あ、あっ」

「なるべく、早く終わらせるようにする」

熱を孕んだ仁の声が耳に届く。興奮しているのかもしれない、そう思うと、ますます淫らな気持ちになってしまう。

「わかり、ました」

髪を撫でていた仁がショーツを足から引き抜き、膝を左右に割り開く。羞恥に耐えていると、彼の顔が足の間に近づいてきて、いよいよ落ち着いていられなくなった。

「なにを……っ」

「優しくしてほしいんだろう？」

「で、でもっ」

「しっかり濡れてるから大丈夫だ。恥ずかしいだけならいやがっても止めない。これは契約だしな。これから先、俺にずっと抱かれるのなら慣れてくれ」

淡々と告げられ、寂しさに襲われる。我慢しているのは彩香だけではない。仁にとっても同じなのだと突きつけられた気がした。

「……っ」

自分でも見たことのないところに彼の息がかかった。敏感なそこに息を吹きかけられるだけで膣がきゅっと収縮しヒクつく。

仁は、ぴたりと閉じた陰唇に舌を這わせ、愛液を舐め取った。

「あぁっ」

今まで感じたこともない強烈な快感が腰から湧き上がった。背中を浮き上がらせ無意識に仁の髪に手を差し入れる。仁は、髪をくしゃくしゃに乱されていることを気にも留めず、とろとろと流れ出る愛液を啜り、なにかを探るように舌を動かした。

「あ、あっ、やぁ……」

くちゅ、ぬちゅっと耳を塞ぎたいほどの淫音が響く。自分のあられもない部分を他人が舐めるだなんて、彩香には想像もできなかった。それなのに彼の舌を受け入れているかのごとく、身体が昂りそこがじんじんと熱く疼き出す。

太ももの裏側をしっかり押さえられているため、身動きが取れない。浮いた足が宙を彷徨い、足先がぴんと張る。彼の舌が動く度に揺れる足先がぴくぴくと震え、本能のままに腰を揺らしたくなってしまう。

「そのまま身体の力を抜いておけ」

「はぁ……っ、ぅ……んっ」

足の間から仁の声が聞こえる。力を抜けと言われても、自分ではどうにもならない。気持ち良くてすでに四肢に力が入らないのだ。

なにかを探るように動いていた舌が恥毛をかきわけ、ついに敏感な芽を探し当てた。

包皮に隠されたそこを舌で丁寧に捲り上げ、小さな粒を捉える。尖らせた舌先でつぅっと先端を舐められると、強烈な刺激に襲われ全身が焼けつくほどに昂ってしまう。

「ひ、あぁぁっ！」

腰をびくんびくんと震わせながら、思わず悲鳴のような声を上げる。今までの比ではない快楽が次々と腰から迫り上がり、羞恥と混乱でどうしていいかわからない。

「はぁ、あ、んっ、あ……なんか、だめ、そこっ……変になっちゃい、ます」

「構わずに達っていい」

なにを言われているのかもわからずに、彩香はただただ髪を振り乱し身悶える。淫芽をちろちろと舐められると、気持ち良くてたまらなくなり、頭の芯まで蕩けてしまいそうだ。

「んんっ、やら、あっ、待って……吸っちゃ」

先ほど感じた寂しさすら忘れ、ただただ快感を追うことしか考えられなくなる。

このままではおかしくなってしまう。彩香ははくはくと息を吐き出しながら、腰を震わせた。赤く腫れた芽を啜《すす》られ、唇で上下に扱かれる。くちゅ、ぬちゅっと愛液が泡立つ音が引っ切りなしに立ち、あまりの恥辱に泣いてしまいそうだ。初めてなのに仁の舌技に感じてしまうなんて。

「くちゅくちゅするの、いやぁ……っ、音、立てない、で」

耳に届く卑猥な音が耐えられない。感じたくなんてないのに感じてしまう。恥ずかしくてたまらないのに、もっとしてほしい。そんな自分が一番信じられない。

「あ、はぁ……ん、あぁぁっ」

ぬるりと身体の中になにかが入ってくる。それを仁の指だと理解する前に、中と外を同時に弄られる強烈な快感に流されて、なにも考えられなくなっていく。

尖らせた舌先でくすぐるように小さな芽を舐められ、さらに媚肉の浅い部分を指で擦られると、下腹部から言いようのない重苦しい疼きがやってくる。

「あぁ、あぁっ、だめ、も……なんか、きちゃう」

気持ちいいのに物足りないような感覚がしても、自分ではどうすることもできず、腰を震わせて耐えるしかなかった。

仁の髪を乱し、いやいやと頭を左右に振る。蜜口は愛液でぐっしょりと濡れていて、男を誘うようにヒクついていた。口を開けば絶えず嬌声が漏れてしまうのに、羞恥心さえ消え失せていく。

媚肉をかきわけ、指の腹で蜜襞を擦り上げられる。愛液をまぶすような手つきでぐりぐりと撫でられて、中が淫らに収縮するのがわかる。抽送に合わせて、ぐちゅ、ぐちゅっと愛液がかき混ぜられる音が立ち、まるで酩酊しているかのように意識が陶然となっていった。

「もう、達けるか？」

聞かれても答えられない。彩香は肩で息をしながら、わからないと首を振る。

すると仁は、蜜襞を擦る指の動きを速め、粘ついた舌で淫芽を舐め上げた。凄絶な快感が脳裏を突き抜け、意識さえ手放しそうになる。

「ひ、あっ、もう……っ！」

ついに限界に達し、彩香は悲鳴のような声を上げながら背中を浮き上がらせた。

腰がびくんと跳ね、全身が硬く強張る。呼吸さえままならず無意識に仁の髪をぎゅっと掴む。その直後、全身からどっと汗が噴き出て、電池の切れたおもちゃのようにぱたりと力が抜けた。

「はぁ……はぁ……」

頭に霧がかかったように思考が鈍くなる。放心状態でぼうっと宙を見つめていると、両足を抱え上げられてなにかが身体の中へと入ってきた。

「あ、やっ……なにっ」

朦朧としていた意識が、身体を真っ二つに引き裂かれるような痛みと共に戻った。ずぶずぶと指よりも太いものが身体の中に埋められていく。

「い、た……あっ」

身体の中でずずっと音がする。下肢に視線を走らせると、指よりもはるかに大きい屹立《きつりつ》が自分の中に入ってくるところだった。隘路《あいろ》をめりめりとこじ開けられる痛みに顔が歪む。眉を寄せながら必死に耐えていると、先ほどと同じように髪を撫でられた。

「い、たい……です」

「だろうな。悪いが、もう少しだけ、こらえてくれ」

そう言った仁もまた辛そうだった。

みんなこんな痛い思いをして恋人とセックスをしているのだとしたら、彩香は世のすべての女性たちを尊敬する。それくらい痛い。

「狭いな……っ」

仁は整った眉を中央に寄せて、苦しそうに息を吐き出した。なぜ苦しいのかはわからないが、自分だけではないのだと思うと少しは耐えられそうだ。

ただ痛みは変わらずで、仁が少しでも腰を揺らすだけで引き攣るような感覚が押し寄せてくる。息を詰めてこらえていても、目の奥が熱くなり涙が頬を滑り落ちた。

「力抜けっていうのも……無理か」

必死に頷くと、仁は手を伸ばしふたたび彩香の乳房に触れてくる。つんと勃ち上がった乳首を指先で転がしながら、反対側の乳首に吸いつかれて、びくりと腰が震えた。

「あっ、ん」

その隙をついて、さらにぐぐっと腰が押し進められる。長大な陰茎がずるりと中に入ってくると、ぞわりと肌が粟立つような感覚に襲われた。

「はぁ、はっ……あ」

ゆっくりと腰を穿たれ、うねる蜜襞を巻き込むように引きずり出される。彼のものが埋め込まれるタイミングで、ぐちゅうっと愛液がかき混ぜられる淫音が響いた。

「あ、あっ、なんか……じんじん、する」

「良くなってきたか？」

「わからない、けど……っ、あっん」

乳首の周りをくるくると熱い舌が這う。

時折、ちゅうっと強く啜られて、下半身にじんと甘い痺れが広がった。胸から広がる心地好さが全身に伝わり、媚肉を埋め尽くす彼のものを締めつけてしまう。

「は……っ」

仁の荒い息遣いが胸元から響く。両方の胸を中央に寄せられ、舌で交互に舐られる。ちろちろと先端を舐めたかと思えば、軽く歯を押し当てるようにして引っ張り上げられた。

「あぁっ」

背中を仰け反らせて喘ぐと、ずるりと陰茎が引き抜かれる。ぞくぞくとした感覚が腰から迫り上がり、新たな愛液がじわりと滲む。

（嘘……気持ちいい……）

指で蜜襞を擦られるのともまた違う。

指では届かない奥深くを、亀頭の張り出した部分で削り取られるような感覚。痛みの中に心地好さが生まれると、腰を揺すられる度にそれはどんどんと大きくなっていく。

「あぁっ、あ、はぁっ……んっ」

声の中に甘さが混じり始め、仁の腰使いが徐々に激しくなっていく。両足を抱え上げられ、叩きつけるような動きで上から押し込まれる。

じゅ、じゅっと愛液の弾ける音が立ち、胸元で聞こえる仁の吐息も熱に浮かされているように荒々しい。

「男を悦ばせる、いい締めつけ具合だ」

仁は興奮しきった声でそう言った。なにがいい具合なのかなど、聞かなくともわかる。暗に淫らだと言われているようで嬉しくはない。だが、男の顔をした仁から目が離せない。自分の身体に夢中になっている様を見ているだけで、不思議と胸が満たされるのだ。

「やぁ……言わ、ないで……っ」

彼の声に煽られるかのごとく、中をきゅうっと締めつけてしまう。くぐもった彼の声が聞こえて、長大な陰茎がさらに大きく膨れ上がっていく。抜き差しのスピードが速まり、胸に埋まる仁の頭を必死に掴みながら、髪を振り乱し、腰を震わせる。

「はぁ、んっ、あ……あ、あぁっ」

全身をがくがくと揺さぶられる。開けっぱなしの口からは絶えず嬌声が漏れて、開いた膝が震えていた。運動不足のせいで太ももの付け根が痛む。擦られ続ける蜜襞もまたじんじんと熱くなってくる。

「もう……出すぞ」

必死に頷きながら、なにかを覚悟するようにぎゅっと目を瞑った。

隘路の奥で熱い塊がどくんと脈動し、仁の腰がぶるりと震える。激しく叩きつけるような動きが緩やかになり、最奥めがけて温かい精が注がれた。

仁は二、三度腰を揺すり、一滴残さずに白濁を最奥へ注ぎ込むと、ゆっくりと腰を引いた。

陰茎がずるりと抜け出ていく感覚に襲われると、鋭敏になった肌が戦慄き、さらなる快感を求めてしまいそうになる。

「はぁ」

終わったのだ、そう思うと全身からどっと力が抜けた。ため息が漏れてしまったのは意識してのことではなかった。すると、上から退いた彼が汗ばんだ彩香の額をバスローブの袖で拭いながら、案じるように声をかけてくる。

「大丈夫か？」

契約による行為が終わったあとは虚しいのではないかと思っていたが、ただ疲れが押し寄せてきただけだった。

悲観的にならずに済んでいるのは、想像していたよりもはるかに仁が優しかったからかもしれない。初めてのセックスで快感を得られたことに、少しばかり感動さえしていた。

「は、い……」

「声が掠れてる。冷蔵庫を開けるがいいか？」

「お願い、します」

自分がどれだけ淫らに喘いでしまったかと思うと、とてつもない恥ずかしさに襲われた。

仁の目を見ないまま頷くと、彼が寝室を出ていった。彩香が作った麦茶をグラスに注いでいるのだなと思うと、なんだかおもしろい。

いつまでも裸でいるのはいたたまれないが、身体は気怠く床に落ちた服を取る気にもなれなかった。結局、布団を引っ張り身体を隠すとベッドに腰かける。

「起きて平気か？」

寝室のドアが開き、グラスを持った仁が入ってきた。

彼はグラスを彩香に手渡し、ベッドの端に腰かける。

「大丈夫です」

契約だというのにずいぶんと心配してくれるのは、彩香が初めてだと知っているからか。対価はすでに受け取っているのだから、着替えてさっさと出ていかれたとしても文句は言えないのに。

運動したあとのように喉が渇いていて、仁から受け取った麦茶を一気に飲み干した。

「もっと飲むか？」

「いえ、ありがとうございます」

仁は案じるような目をして彩香を見つめてくる。手を出されて、びくりと肩が震えた。が、どうやらグラスを片付けてくれようとしたらしい。

「あ、自分でやりますから」

「明日もあるんだ。なるべく休んでおいた方がいいだろう」

そうか、明日も同じことをするのか。今夜と同じように、彼に子種を注ぎ込まれるのだ。これで妊娠していたら、彼との身体の関係は終わりを迎えるはずだ。たった一度や二度で妊娠する可能性は低いかもしれないがゼロではない。

（そっか……今月だけで終わる可能性もあるんだ……）

これ以上好きでもない男に抱かれなくていい。処女は失ってしまったが、代わりにかけがえのない子を得ることができる。早く契約を全うできるならそれが一番いいはずだ。

ならばなぜ、彩香の胸の中に得体の知れない落胆が広がっていくのだろう。

彩香の無言をどう捉えたのか、すぐ近くからため息が聞こえた。

「いやだろうが契約をのんだ以上は我慢をしてほしい。それに、なるべく早く終わらせた方が心身の負担も少ないだろう」

言い方は冷たく聞こえるが、彩香を案じての言葉だとわかる。思っていたよりもずっと優しい人なのではないだろうか。

契約だと言うのなら、わざわざ「我慢してほしい」なんて言わなくてもいいはずだ。彩香が行為を拒めば契約不履行に当たるのだから。心身の負担が少ない、と彩香を気遣う言葉だってかける必要もない。

「いやとかじゃなくて……これで、赤ちゃんができる可能性もあるんだなって考えてたんです」

彩香はそっと下腹部を撫でながら告げた。胸の内に広がる寂しさには気づかないふりをして、未来に目を向ける。

「たしかに可能性はあるだろうな」

仁は感情のこもらない目で言った。けれど、彼の優しさの一端に触れてしまったあとでは、その目の奥にある真意を探ろうとしてしまう。

「小野垣さんは、男の子と女の子、どちらがいいですか？」

もう少し彼と会話をしてみたくなり口に出した。

契約相手ではあるが、夫の人となりを知りたいと思うのはおかしくないはずだ、と言い訳のように考える。

「どちらでも。元気に生まれてくれれば」

抑揚のない話し方なのに、冷たいとは感じなかった。

(そっか……どっちでもいいんだ)

以前、いい父親にはなれないと言っていたが、本当にそうだろうか。契約妻である彩香を労《いたわ》るこの人が、自分の子に愛情を注げないとは思えない。

「男の子じゃなくていいんですか？」

「必要なのは、血の繋がりのある子だ。今の時代、必ずしも男が跡継ぎである必要もないだろう？」

「えっと……じゃあ、子育てについて、なにか要望はあります？」

「妊娠してるかもわからないのにどうしてそんなことを？」

話を引き延ばそうとしていることに気づかれたかもしれない。あなたを知りたいと思ったから。そう素直に口に出せば、彼は驚くだろうか。

(困らせそう……そんな顔を見てみたい気もするけど)

彩香は自分の思いを悟られないように契約を持ち出した。

「妊娠する前に話し合っておきたくて。契約は、あなたの子を産むことですよね。でも、どう育てるかって大事じゃないですか？」

言い募るも、仁はわからないと言いたげに首を傾けた。

そういえば、彩香が「子どもを自分で育てたい」と言ったときも、同じように驚きと戸惑いを瞳に滲ませていた。

契約を持ちかけてきたのは仁だ。宮田金属加工に継続的な支援さえしてくれれば、彼にこれ以上望むことはない。父親として子に愛情を注いでほしいと思っているわけでも、育児をしてほしいと思っているわけでもなかった。

ただ、子を後継者に望む以上、彼の希望もあるだろうと考えただけ。子を産むということは、当然、育てるということでもあるのだから。

「私は……いずれ後継者にするにしても、子どものうちだけは自由にさせてあげたいです。小野垣さんは、どういう子育てをするべきだと思いますか？」

「なるべく君の思いに添うようにすると言ったはずだ。教育に必要な指導者は用意するが、こうするべきと考えず子どもに向き合っていけばいいのでは？　その背中を見守り、時には、押してやればいい」

思っていた以上に、真剣に考えてくれたことに驚いた。

「じゃあ……小野垣さんは、子どもの頃の楽しかった思い出とかありますか？　どんな子どもでした？」

「どんな、か」

仁はそう呟き、それきり口を噤んでしまった。彼は、家庭を持つ気はない、とも言っていた。もしかしたら、なにか事情があるのかもしれない。

身体を重ねたからといって、仁のすべてを知ったわけでもないのに、深入りし過ぎた。彩香は慌てて弁解する。

「あの……育児って、自分の幼い頃の影響が少なからずあると思うんですよね……想像ですけど。私は、小野垣さんに父親をやってほしいとか思ってるわけじゃないんです。ただご両親との思い出とか聞かせてもらえればと思って。すみません……」

ただ彩香は、仁のことを少しでも知りたかっただけだ。

しばらく互いの間に沈黙が落ちる。じっと待っていると、仁は諦めたようにため息をついた。

「わかった。だが、その話は明日にしよう。今日はもう遅い」

はぐらかされたのがわかった。やはり、触れられたくない事情があるのだろう。

(でも……この間みたいに『知る必要のないことだ』って、言わないんだ……)

以前、結婚できる相手を探せばいいのではないかと尋ねたときのことを思い出した。あのときははっきりとした拒絶の意思を感じたけれど、今回はそうではなかった。

関係ないと話を打ち切ることだってできたはずなのに。

(こんなに優しい人なら……誰だって好きになるんじゃないかな)

肌に触れる手も優しく、気遣いもできる。そんな人がどうして結婚するつもりがないなどと言うのか。ますます彩香の中で疑問が大きくなっていく。

契約相手でしかない彩香ですら、たった二度顔を合わせただけでそう思うのだから。彼を知れば、目を引く外見だけでなく内面を好きになる女性は多いはずだ。

(私だって……)

一瞬、自分の胸の中に芽生えたわずかな異変に混乱する。

なぜ当然のように「私だって」と思ったのか。

(いや違う……そういうのじゃないけど)

初めて身体を重ねた相手に対して多少親しみの感情が芽生えただけ。以前よりも印象が良くなり信頼が大きくなっただけだ。そうに違いない。

心理学的には、接触回数が増えるほど好感度が上がると言われているし。それと似たようなものだろう。

「そういえば竹田に確認させたんだが……君は、俺が渡した金をほとんど使ってないな。この部屋も俺が出たときのままだ。クローゼットの中も、この間用意させた俺のものばかりだろう？」

「え、あ……はい、もちろん」

契約で婚姻関係をすでに結んでいるとはいえ、この部屋が自分の部屋だとはまだ思えない。

それに、契約の対価だとわかっていても、仕事もしていないのに彼の金を自由に使うのは憚《はばか》られた。ただ、生活費として最低限引き出してはいる。

「なぜ、もちろんなんだ？」

「だって……生活費はそんなにかかりませんし、家具だってまだ使えるじゃないですか。新しく買うのはもったいないです。服や靴だって、べつに困っていませんし」

彩香が言うと、仁は不可解そうに眉を寄せる。

彼は麦茶を作っていると知ったときと同じ表情をしていた。

なぜそんな顔をされるのかがわからず、彩香は首を捻った。

「妻としての役割を果たすことも契約に含まれている。意味はわかるか？」

「妻としての役割。えぇと、たしか……夫婦仲がいいと見せつけるために、パートナーとして公の場に出ることでしたか？」

「そうだ。近々パーティーがある。君にはそれに出席してもらいたい」

「パーティー、ですか」

公の場、とは一年後に行われる挙式、披露宴のことだとばかり思っていたが、違うのだろうか。大企業の社長だから、おそらく大きな式になるに違いないが。そこだけ頑張れば、という考えはどうやら甘かったようだ。

（パーティーって、そもそもなにするの……なんのパーティーなの？）

そういえば、企業の経営者が集まり、新年を祝う会がホテルのホールで開かれているのをテレビで観たことがあった。自分には遠い世界の出来事だと思っていたが。

「妻を大事にする夫が自分の服だけを仕立て、妻の服を既製品で済ますと思うか？　目の肥えた奴らを相手に立ち回れとは言わないが、君が贅沢に感じるそれらは必需品となる」

「あ……」

そういうことか、とようやく納得する。

必要ないと思っていたけれど、今のままでは仁の隣には立てない。

彩香は、パートナーとして公の場に出るという意味をよくわかっていなかった。ただ仲良さげに隣にいればいいのだろうと考えていた。それではだめなのだ。

「すみません……」

なにもかもを仁任せにしてしまっている自分が恥ずかしい。カムフラージュに男性用の服を用意することだって、美奈子に指摘されるまで気がつかなかった。社会人歴はそれなりにあるのに、言われなければ気づけないなんて。使えない契約相手だと思われているのではないだろうか。

今も、もったいない、自分には過ぎた贅沢だと思い、実家で着ていた服をそのまま使用している。このTシャツもジャージもそうだ。見た目を含め、小野垣仁の妻としてふさわしくあることは契約に含まれていると諭されているのだろう。

彩香はおずおずと仁を見上げる。彼の目に侮蔑の色がなかったことにほっとした。

「最初に伝えなかった俺も悪かった」

「いえ、私も聞かなかったので。ただ……あの、ドレスをどこで買えばいいのかがわかりません。またデパートの人に来てもらえばいいんでしょうか？」

「あぁ、それはこちらで手配をしておく。あとは、君の好みに合わせて竹田に届けさせよう」

「なにからなにまですみません……もっと早く気づくべきでした。男性用の服も……友達にバレてから気づくなんて」

彩香が謝ると、仁は緩く首を振った。

「君をこちら側に無理矢理引き込んだのは俺だ。契約だとしても、慣れないことをさせて申し訳ないと思ってる」

たしかに慣れないことばかりだが、考える時間はたくさんあった。

彼の立場や考えていることをもっと知らなければ。今はそう思う。

「無理矢理だなんて。納得して契約したのは私です。私は……あなたに感謝してるんです。うちを助けてくれて、本当に嬉しかったから」

仁は驚いたようにまじまじと彩香を見つめてくる。彩香の口から、感謝という言葉が出てくるとは思っていなかったのかもしれない。

目と目が合うと、先ほどまで肌を重ねていたことを思い出してしまい、いまだに自分だけが裸でいることが急に恥ずかしくなる。

「あ、あの……っ」

なにか話さないと、そう思い慌てて呼びかける。だが、バスローブから覗く仁の逞しい胸が、先ほどまでの情事を匂わせているようで、ますます頬が熱くなる。

「なんだ？」

「へ、部屋着とかも、買っていいでしょうか！　あの、まだ着られるし、もったいないと思ってたんですが……」

慌てて口にしてから後悔した。

いったいなにを言っているのだろう。そんな話がしたかったわけではないのだが、一度口から衝《つ》いて出た言葉は止められない。

「部屋着？」

仁の視線が床に落ちたTシャツとジャージに突き刺さる。あぁあれか、と思われるのは恥ずかしく、彩香は咄嗟に顔を伏せた。

「初めてだったので、男の人の気持ちとかもよくわからなくて……あんな格好ですみませんでした。もう少し、そういうのも気を使うべきでしたよね。刺激的な服の方が良かったのかなって。下着も普通ので……なんかいろいろとすみません」

口ごもりながら答えると、頭上でげほっと咳き込む音が聞こえてきた。

焦っているからか、余計に会話がおかしな方向に行ってしまう。

「明日は……もう少し、頑張りますから」

「べつにそこまで無理をしなくていい。俺が、君の身体に興奮してたのはわかっただろう？」

「そ、そう、ですね」

あられもない自分の声や、胎内に彼を受け入れる感覚が思い起こされ、全身がわずかに震える。なにかを期待するかのように喉が鳴ると、恥ずかしさのあまり目の奥が熱くなる。

興奮した仁の表情まで思い出すと、ひどくいたたまれない。すると、ふいに仁の腕が伸びてきて、軽く髪を撫でられた。

「普段見えない部分はどうでもいいが、君が必要だと思うなら買えばいい。あと、結果はすぐわからなくとも、今後は妊娠している可能性を考えた生活を送ってくれ。好きに生活してくれて構わないが、大量の飲酒などは止めるように。と言っても、冷蔵庫に酒はなかったな」

「お酒、飲めないので。小野垣さんが飲むなら、用意しておきますけど」

「いや、そういう気遣いは不要だ」

「そうですか……わかりました」

いらない、と言われると、どうしてか傷つく自分がいる。もっと彼の役に立たなければと思っているからかもしれない。この時間がもうすぐ終わってしまうことに寂しさを感じるのも、得体の知れない自分の感情に振り回されるのも、きっとそれが理由だろう。

「じゃあ、そろそろ仕事に戻る。見送りもいらん。ゆっくり休んでくれ」

そのまま後ろへ肩を押されて、ころんと寝転がる。上から布団を掛けられた。

「おやすみなさい」

そう声をかけると、驚いたように凝視された。なにかおかしいことでも言っただろうか。

「おやすみ」

寝室のドアが閉まり、衣擦れの音が聞こえた。

しばらくすると、人の気配がなくなり、室内がシンと静まりかえる。仁が帰ったのだろう。オートロックのため施錠は必要ない。やはり緊張はあったのか、強張った身体からふっと力が抜けて、うつらうつらしてくる。

目を瞑るとすぐに眠ってしまいそうだ。なんとなくこの気怠い余韻をもう少し味わっていたかった気もするが、結局は眠気に抗えず彩香はまぶたを閉じた。

＊＊＊

翌日の夕方。

竹田がデパートの外商担当を連れてやって来た。

「小野垣さんの分ならわかりますが、私の分がこんなになですか？」

「これでも少ない方です」

広々としたリビングが彩香のための大量の服や靴、バッグでいっぱいになる。以前、仁の服を持ってきたとき以上の枚数が並べられていた。

彩香はスタッフがラックにハンガーをかけていくのを愕然と眺めながら、総額はいくらになるのか、などと考えていた。

「この間から、こんなことばかりお願いしてしまってすみません。お仕事は大丈夫なんですか？」

申し訳なくて聞くと、竹田は眉をぴくりとも動かさず「これが仕事です」と言った。仁の感情はなんとなくだがわかる。けれどこの人は、まったく表情を変えないため本当になにを考えているのか見当もつかない。

「あなたと社長の本当の関係を知っているのは、私だけですから」

「そうなんですか」

ＯＮＯＧＡＫＩの社長が契約結婚をしているなんて誰にも言えることではない。仁にとって竹田は信頼に値する部下のようだ。

「こういうのを着る機会が近々あるんですよね？」

彩香はまばゆい衣装の数々に感嘆の息を漏らす。これまで、ドレスを着る機会など一度だってなかったが、当然憧れはあった。自分がこのどれかに袖を通すのだと考えると、憂鬱なパーティーも少しだけ楽しみになってきた。

「再来週には社長就任を祝うパーティーがあります。そこであなたのお披露目があるでしょう」

「お、お披露目……？」

仁の妻として隣でにっこり笑っていればいいだけではなかったのか。その疑問が伝わったのか、竹田が言葉を続ける。

「社長の隣で微笑んで立っているだけです。社長と私がおりますから、あなたが喋る必要はございません。慣れていない感があっても構いませんよ。社長の邪魔をしないでもらえれば」

「慣れていないどころか、お恥ずかしながら、私はそういうパーティーのマナーをまるで知らなくて。小野垣さんに恥をかかせてしまわないかと心配なんですけど」

どんな行動が邪魔になるのか、それすらまるでわからない。

結婚式のマナー程度しか持ち合わせていない彩香は、立ち居振る舞いがさっぱりだ。

「契約妻だとバレなければいいのです。あなたに恋い焦がれた社長がアプローチを続け、ようやく結婚にこぎ着けたという設定になっていますから、恥じらうのは構いませんが社長に触れられるのを拒絶したり、距離を取ったりはなさりませんよう」

それはわかっている、と頷いた。

自分に恋い焦がれた仁がアプローチを続け、なんてありもしない事実を周囲が信じてくれるかはわからないが、仲睦まじい夫婦を演じればいいのだろう。

「わかりました。頑張ります」

ぐっと拳を作ると、竹田の口元がやや緩んだような気がした。

待ちわびていたスタッフに別室で着替えさせられ、その場で簡単にサイズを調整する。ドレープの広がるプリンセスラインのドレスは上半身の体型が丸わかりだが、パールとレースが随所にあしらわれ、可愛さと色っぽさを兼ね備えていた。

（すごい……綺麗……）

いくらするのだろうとまずは価格が気にかかったが、心臓に悪いので考えないことにした。

「よくお似合いですよ。今回はお時間の関係で既製品のサイズ直しで承っておりますが、フルオーダーのドレスもご依頼いただいておりますので、デザインが上がり次第お持ちしますね」

「フルオーダー？」

そういえば、妻のドレスを既製品で済ますはずがない、と言っていた。彩香が贅沢だと感じるそれは必要なものだと。まさか本当にこれから仕立てるのか。

「えぇ、毎年、季節ごとに四着ほど」

「そうですか……」

乾いた笑いが漏れて、口元が引き攣った。彩香がこの生活に馴染める日は来るのだろうかと懸念はあるものの、ひとまず気を取り直して鏡を見る。

着られている感が半端ないが、このドレスなら仁に恥をかかせなくて済むだろう。

「これと、これもお似合いだと思いますよ。奥様は細くて色白でいらっしゃいますから、羨ましいですわ」

スタッフの一人がドレスを両手に一枚ずつ持ち、掲げてみせる。

パーティー用のドレスは一枚でいいのでは、と窺うように竹田を見ると、緩く首を振られた。余計な口は開くな、ということか。

そうして次から次へと着替えさせられ、胃の痛い思いをしながら買い物を済ませた。全体的にベーシックな色合いのものが多いことだけは良かったと思おう。

普段着の好みも聞かれハンガーに掛けられた服をいくつか取ると、その場でウォークインクローゼットにしまわれた。値札などもちろんついていない。

仁が頼んでおいてくれたのか、いくつか部屋着も持ってきてくれていた。ベロア生地の暖かそうなものを数枚選んでおく。

「お疲れ様でした……」

外商スタッフとの取り引きが終わった頃には、どっと疲れていた。

「ドレスはパーティーまでにサイズを直して、ホテルに直接届けておきます。社長がお迎えに上がりますから、当日は私服でお越しください」

「わかりました。化粧とかは」

「ヘアメイクもホテルで手配します」

「よろしくお願いします」

「あと、一時間もすれば社長が来るでしょう。あなたは支度を」

暗に風呂を使っておけと言われた気がして、頰が熱くなる。竹田が仁との関係を知っていることは承知でも、堂々とこれからセックスします、と割り切ることはできない。

「私にそんな顔を見せられるのは困りますね」

どう答えていいかわからず落ち着きなく視線を彷徨わせていると、意味のわからない言葉を残して、竹田が出ていった。

彩香は胸を撫で下ろし、閉まるドアに視線を送る。竹田の言う通り時間はあまりない。支度をするべくバスルームへと向かった。

今日は、購入したばかりの部屋着で仁を待つつもりだ。

ワンピーススタイプのルームウェアは深い藍色のベロア生地で触り心地もいい。胸元や裾はレースになっていて非常にセクシーだ。実家にいた頃ならば足下が寒いため絶対に買わなかったが、床暖房のおかげでこの部屋に引っ越してからは寒さとは無縁である。

（昨日より……マシだよね）

少しくらい可愛いと思ってくれるだろうか、と考え、乙女チックな自分の思いに戸惑う。

軽く夕飯を食べて、例のごとく作り過ぎた料理は冷蔵庫へと入れておいた。

仁が家に来たのはそれから約二時間が経ってからだ。玄関のドアを開けると、昨日よりも疲れたような顔をした仁が立っていた。仕事が忙しかったのかもしれない。

「お疲れ様です」

「あぁ。バスルーム借りるぞ」

彩香の格好をちらりと見た仁は、なにを言うこともなく背を向ける。

（やっぱり……スルーですよね）

少し優しくされたからといって期待し過ぎだ。べつに、本気で可愛いと言ってほしかったわけではないけれど、そんな拗ねた気持ちが顔に出る。

「どうかしたか？」

「あ、いえ……そうだ、ご飯、食べませんか？」

なんだか疲れた顔をしているし、昨日のようにまた仕事に戻るというのなら、多少休んでも構わないのではないか。そう思い声をかけた。

「家庭料理ですけど」

顔色の悪い人を見ていると放っておけない。昔、母が倒れたときのことを思い出してしまう。

「気にしなくていい」

「そ……ですか」

脱衣所のドアがばたんと閉められた。

いらないと言われた以上、おとなしく引き下がるしかない。だが、食事を断られたことにショックを受けている自分がいた。そもそも、大企業の社長が暇なはずもない。ただ、彼が無理をしているように見えて、心配になってしまっただけで。

(そりゃ、契約妻の私にできることなんて、ほとんどないけど)

ベッドに腰かけて待っていると、十分も経たずにバスローブに袖を通した仁が寝室に入ってくる。

「あ、そういえば……服、ありがとうございました」

「礼はいい。君の当然の権利だ。まだ普段着は足りないだろう。明日にでも竹田に持ってこさせる。ほかに足りないものがあればそのときに言いなさい」

「十分よくしていただいてます。でも、今まで小野垣さんのような方と知り合う機会はなかったので、常識に疎いところがあるかもしれません。おかしなところがあれば、その都度教えてもらえますか？」

自分が贅沢品だと避けてきたものが彼にとっては必需品だなんて、教えられるまで気づかなかった。そんな自分の行動が彼の顔を潰すことになるかもしれないと考えると怖い。

「わかった。そういえば、君が昨日話していたことだが……」

仁はベッドに腰かけながらこちらを見る。

おそらく彩香が昨日尋ねた幼い頃についてのことだ。あのまま流すことだってできたはずなのに、彼は律儀にも答えを用意してくれたらしい。

「俺には、子どもの頃のいい思い出がさほどない。忘れたい記憶ばかりだ。ただ、母と一緒に料理をしたことはよく覚えている。食器を運んだり、味噌汁をよそったり……そういう思い出はあった」

ぽつぽつと言葉を紡ぐ仁は、昔を思い出しているのか、遠くを見るような目をしていた。

(忘れたい記憶ばかり……？)

なにか辛いことでもあったのだろうか。

聞いてみたい思いに駆られるも、どこまで踏み込んでいいかわからず躊躇してしまう。

「お父さんも一緒にですか？」

ごくありふれた問いで誤魔化すが、その瞬間、仁の纏《まと》う空気がぴりっと張り詰めた。

冷たく温度のない目を向けられて失敗したと察した。理由はわからないが、おそらく自分は彼の地雷を踏んでしまったのだ。

彼の拒絶がはっきりと伝わってくる。当然、それ以上立ち入ることはできなかった。

「いや」

「そ、そうですか……教えてくれて、ありがとうございます」

気づいていないふりをしても、冷や汗が背筋を伝う。仁の目を見るのが怖かった。

その後、昨夜と同じようにベッドを共にしたが、仁はずっと思い詰めたような顔をしていて心ここにあらずだ。

どうしたのかとは聞けなかった。彩香が安易に口に出した問いのせいなのははっきりしている。彼の中に踏み込んではならない一線があるとわかったのだ。

改めて、自分と彼が契約でしか繋がっていないのだと思い知らされた気がした。

仁の精を中に受け止めると、全身から力が抜ける。愛情の欠片もないセックスを彼はどう思っているのだろう。今日のノルマが終わったと、事務的な気分なのだろうか。

萎えた陰茎を引き抜いた仁は、ベッドにぐったりと倒れ込んだ。仁の腕はいまだ彩香の胸の上に置かれたままで、抱き締められているような体勢だ。

(昨日は、すぐ起きたのに……どうしたんだろう)

すぐに身体を離されてしまったから、少しだけ寂しい気がしたのだ。

彼の腕の重みを受け止めている今は、なぜか満ち足りた気分がする。彩香は、抱き締められたまままうっとりと目を瞑った。

吐精したあとは疲れが出るのかもしれない。彩香がそっと足を絡ませてみても、仁はまったく反応しない。

（あれ？　もしかして……寝てる？）

耳元で仁の規則正しい息遣いが聞こえてくる。

厚い胸板に頭ごと抱き締められているため仁の顔は見えないが、深く吐き出される息は寝息で間違いない。ぴくりとも動かず寝入っているようだ。

（やっぱり、疲れてたんだ。ちゃんと眠れてるのかな）

青白い顔をしていると思っていた。目の下には隈が浮かんでいたし、昨日だってあのあと仕事に戻ったとしたら、何時に床に就いたのか。以前の自分を見ているようだった。

彩香は仁を起こさないようにそっと身動ぐ。顔を見られる位置まで移動し、目を瞑った彼をしばらく眺めた。三十二歳だと聞いたが、初めて会ったときそれよりも上に見えた。

（寝顔まで綺麗だなんて）

寝顔は少年っぽさをわずかに残していた。乱れた黒髪のせいか、ほんの少し開けられた口元のせいか。無防備な表情を飽きることなく見つめてしまう。起きているときの隙のなさや、圧倒されるような貫禄は、仁の立場がそう見せているのかもしれない。

ホテル暮らしをしているのなら、食事には困らないだろうが栄養バランスは偏るのではないか。彼がもともと住んでいた部屋はここだ。ホテルでは気が休まらないかもしれない。

（少しでも、身体が休まればいいけど）

契約上の妻でしかない自分が心配することではないのに。

彩香は彼を起こさないようにそっと手を伸ばす。目にかかってしまった前髪が邪魔そうで、払ってあげたかったのだ。抱き締められる体勢は苦しいし、自分よりはるかに太い腕が重いしで楽ではない。それなのに心がそわそわと落ち着かなくなるのはどうしてだろう。むしろ、このまま起きないでほしいなんて。

髪を払うと、長いまつげに縁取られた目元が見える。疲れのせいか、ややこけた頬はむしろ彼を魅力的に見せていた。

彩香は彼の頬に手を滑らせて、そっと顔を近づけた。唇が近づき、彼の呼気が触れる。なぜか無性に仁の唇に触れたくなってくる。

セックスの最中、彼はキスをしない。徹底しているかのように唇には決して触れてこない。あれだけ淫らな行為をしているのに、唇だけは君に与えないと言われているみたいで、悔しかったからかもしれない。

ふに、と柔らかい唇が重なる。その瞬間、閉じていたまぶたがぴくりと震えた。彩香は慌てて顔を離す。

「ここ、は……」

うっすらと目を開けた仁は腕の中にいる彩香を視界に捉えると、驚いた顔をする。慌てたように腕を解かれたことから、キスがバレたわけではないようだ。

「だいぶ……お疲れのようですね」

「寝てしまったのか、すまない」

仁はむくりと身体を起こし、首をぐるりと回して深く息を吐いた。

「今、何時だ？」

「二十一時を少し過ぎたところです。寝てたのは十分くらいですよ。このあともお仕事ですか？」

「あぁ」

「顔色が悪いです……あの、余計なことかもしれませんが、もう少し休まれては？　ここは小野垣さんが使っていた家なんですから、今日くらいは泊まっていっても」

「いや、けっこう。ここは君に渡した部屋だ。そういう契約だろう？」

「そうですが……」

またた、と落胆する。彩香が少しでも踏み込もうとすると、瞬時に壁が作られる。契約だと言われても、自分はそこまで事務的な考えができない。

心配してはいけないのだろうか。多少の情を持ってもいけないのだろうか。彩香は婚姻関係にある彼の妻なのに。

（あぁ……私、寂しいんだ……）

彼と契約でしか繋がれないことが寂しい。

仁は当然のことを言っただけなのに、自分の想いを否定されて悲しいのだ。

彩香は、もっと彼の妻らしくありたいと望んでしまっている。心配をしたいし、作った食事を食べてほしいし、ここでは気を抜いてほしい。だから、拒絶される度に寂しくなる。

（たった二度、抱かれただけなのにね……）

男性経験がない弊害がこんなところに出るなんて。自分の感情が恋なのか。それはよくわからない。ただ、それに近い感情が芽生えているのはたしかだった。

恋愛結婚をし、今でも仲のいい両親を見ているからだろうか。

彩香は結婚に夢を見ていた。忙しく恋愛をする暇さえなかったから、いつかはと。

だから、これが愛のない結婚だとわかっていながらも、自分の理想と勝手に重ねてしまっているのかもしれない。

互いに打算があり始まった関係でも、ゆっくりと時間をかけて穏やかな家庭を築いていけるのではないかと、そんな期待をしてしまっている。

恋愛感情がない始まりだったとしても、いつかは気持ちも変わるのではないかなんて。

夢を見過ぎだろうか。

仁が話したくないことを無理に聞き出そうとは思わない。

ただ、彼の重荷を少しでも減らしてあげられたらと思ってしまう。

彩香が起き上がると、仁が腕で制してくる。

「寝ていていい」

「いえ……今日は見送らせてください。体調も悪くないです……ちょっと、慣れたっていうか」

布団を掛けようとする彼に断りを入れて、ベッドから下りた。部屋着を頭からすっぽりと被る。

もう帰ってしまう。それがどうしようもないほど寂しい。

ため息を隠しつつ、寝室を出る彼のあとに続いた。

スーツに着替え終えた仁を玄関先まで見送る。余計なことかと思ったが、ビジネスバッグを持ち玄関で手渡すと「ありがとう」と返された。

微笑まれたわけでもないのに、それだけで胸がざわめいて落ち着かなくなる。

「いえ……あの、明日は？」

妊娠しやすい時期は排卵日の前後一日。明日も来るのかと聞くが、彼は緩く首を振った。

「仕事が立て込んでいて明日は無理そうだ。次は来月か。また排卵日がわかったら連絡を。妊娠している可能性も考えて生活をするように」

何度目かの同じ注意を受けて、しっかりと頷いた。

「はい。わかりました」

しばらく彼の訪れがないことを残念に思ってしまうが、顔に出さないようにこらえる。

彼は恋愛をするつもりはないと言っていたのだ。もし彼に惹かれ始めていると気づかれたら、契約が終わってしまうかもしれない。会えない時間は長そうだ。

第四章

最後に仁に会ってから二週間が経った。

今夜は雪が降りそうだと、彩香は分厚い灰色の雲に覆われた空を窓から眺めていた。

今日、都内のホテルで仁の社長就任を祝うパーティーが開かれる。妻である自分のお披露目でもあるらしい。彩香の役目は契約妻であることがバレないよう仲睦まじげな夫婦を演じるだけ。

誰になにを言われても、彼の隣で笑っていればいい。粗相をしないかと不安はあるが、逃げ出すことはできない。

夕方、約束の時間ちょうどにインターフォンが鳴った。彩香はバッグを手に持ち、マンションの一階へと下りた。ホテルでドレスに着替える予定だが、自分で用意した私服ではなく彼に買ってもらったワンピースを着ている。

「小野垣さん、お待たせしました」

彩香はエントランスで待っていた仁に駆け寄った。彼もホテルで着替える予定なのか、いつも通りのスーツ姿だ。仁は彩香を見つめて、やや驚いた顔を見せると、愛しさを溢れさせたような微笑みを浮かべた。

「へ……」

思わず立ち止まって顔を赤らめると、彼の方から近づいてくる。

ふいに彩香の腰に腕が回され、頬に唇が触れそうなほど近くに仁の息遣いを感じて、胸がばくばくと激しい音を立てる。一瞬、キスでもされるのかと思い、身体を硬くする。しかし彼は、彩香の耳のそばに口を近づけ、周囲には聞こえない程度の声で囁いた。

「君は俺の妻だろう？　あまり他人行儀にならないように」

「あ……すみません」

早速やらかしてしまったらしい。気持ちを立て直そうにも、仁の腕が腰に回されたままでは落ち着かない。身体の関係もあるのに、今さら腰に触れられただけで動揺するなんて。

「おのが……じゃなくて……えぇっと」

妻である自分が、仁を名字で呼ぶのはおかしいだろう。彩香も小野垣になったのだから。

「じ、仁さん？」

「それでいい。その格好も似合っている。君はやはり綺麗だな」

瞳を覗き込まれて、頬を軽く撫でられた。もういっぱいいっぱいだ。

「ありがとう……ございます……っ」

ふたたび薄く微笑まれて、高鳴る胸を抑えるのに必死だ。実家に結婚の挨拶に来たときよりも、穏やかに愛情深い笑みを向けられると、本気で愛されているような気分になる。

これが社長としての顔だとしたら、やはり主演男優賞ものだ。

マンション前の車寄せに停められているのは、彼のイメージ通り真っ黒な高級車。助手席のドアが開けられて、エスコートされているだけだと理解していてもいちいち動揺してしまう。

「あの、仁さん。今日って、なにか気をつけることはありますか？」

車内は二人きりだ。ここで演技をする必要はないが、ホテルに着いてからスイッチを切り替えるなんて器用な真似が自分にできるとは思えない。今のうちに〝仁さん〟呼びに慣れなければ。

「無作法な振る舞いでなければ問題ない。それに挨拶の必要もない。設定だけ頭に入れておいてくれ。とりあえず会場を出るタイミングの合図だけは決めておこう」

「設定は大丈夫です。けど、合図、ですか？」

「あぁ。俺が『疲れたのなら部屋で休むか』と聞いたら退室の合図だと思ってくれ。君は頷いてくれればいい。会場のホテルに部屋を取ってあるから今夜はそこで休む。俺と同じ部屋じゃ気が休まらないだろうが、誰に見られるかもわからないから一日だけ我慢してほしい」

「はい」

ホテルの部屋は一緒なのか。そう考えて胸が疼く。嬉しいような恥ずかしいような気がして、変わりつつある自分の気持ちをもう認めるしかないようだ。

「そうだ……あの」

「どうした」

彩香は無意識に下腹部を撫でて、運転席にいる仁に視線を向けた。

契約とはいえ、男性に月経について伝えるのはどうにも恥ずかしさが伴う。

「実は、生理が、来ちゃいまして」

今朝から下腹部が重いなとは思っていたが、生理痛だったらしい。トイレで経血を確認したときに安堵してしまったのは、妊娠や出産に対しての恐れからだろう。

「そうか」

彼は、残念でも良かったでもなくただ頷いただけだった。

下手に慰められてもどう答えていいかわからないが、子を望んでいる彼は残念に思っているはずだ。彩香は、また頑張りますねと言いかけて、その言葉もおかしいかと口を閉じた。

「次の機会がわかったら教えてくれ」

「はい」

淡々とした言葉に今はほっとする。

ホテルのエントランスに着くと、車を預けて仁と共にロビーへ入る。ロビーで待っていた竹田が頭を下げてくる。彩香も会釈を返した。

「奥様は、着替えの部屋を用意してありますのでこちらへ。では、社長はのちほど」

「あぁ、頼む。彩香、綺麗に着飾ってもらいなさい」

するりと頬を撫でられて、驚愕に目を見開いた。頬を撫でられたことに驚いたのではなく、名前を呼ばれたことに驚いてしまったのだ。

彩香が頬を染めて戸惑っていると、仁が身体を寄せて腰に腕を回してくる。

「笑え」

もう始まっているのだとようやく理解する。彼の演技にすっかり騙されて、自分の役目を忘れてしまうところだった。

彩香は甘えるように仁の腕を掴み、顔を上げて微笑んだ。ただ笑うだけなのに、恥ずかしさのあまり顔が引き攣ってしまう。頬が熱くてたまらない。

「はい、じゃああとで」

とりあえず及第点はもらえたようだ。

もう一度微笑まれて、心臓がばくばくと激しい音を奏でる。

実家での挨拶のときは、まだ平気でいられた。彼の顔を見ても美形だなとしか思わなかったのに、今は笑みを向けられるだけでどうしようもないくらい、気持ちが昂る。

(さっきから、あんな顔で笑うから……っ)

周囲にバレないように仲睦まじい夫婦を演じているだけだとわかっているのに、まるで本当に愛されているような錯覚を覚えてしまうのだ。違うとわかっていて、いちいち動揺してしまう自分が悪いのだが。

これからパーティーが終わるまで、彼のあの笑顔の砲撃を浴び続けなければならないのか。

自分の気持ちがはっきりと変化する前触れのような胸のざわめきに襲われ、彩香はひどく落ち着かなくなった。

黒のドレスに着替えると、ヘアメイクのスタッフがやって来て、髪と顔をこれでもかと弄られた。

鏡に映るのは自分とは思えないほど美しい女性だ。

大きく開いた胸元にはレースがあしらわれており上品な印象だ。上半身は身体のラインに合わせてぴたりとフィットし、腰から下はドレープがなだらかに広がっているためスタイルもよく見える。見た目に反してドレスは非常に軽く動きやすく、九センチのヒールも足に合わせて作ってもらった靴のため歩きやすい。

結婚披露宴などで使用される大きなホールを貸し切りにしている本日のパーティーは、各界の著名人などが参加するらしい。とはいえ、出席者の名前など覚えてはおらず、本当に仁の隣で笑みを浮かべているだけで時間が過ぎていく。

「まさか君が結婚とはね！」

どこかのお偉いさんなのだろう。男性が仁の肩を親しげに叩きながら声をかけてきた。背後にいる竹田がそっとどこの会社の社長か教えてくれたのが聞こえたが、企業名までは聞き取れない。

「柏木《かしわぎ》社長。本日はご足労いただきましてありがとうございます。おかげさまで運命の人に巡り会えまして」

「そうかそうか！　運命の人と来たか！　知らせを聞いたときは驚いたものだよ。どんな女性に声をかけられても袖にしてきた君がまさかとね。しかも君からの熱烈アプローチだったそうじゃないか！」

「お恥ずかしい……この歳になって初恋のような気分ですよ。彼女が妻の彩香です」

腰を引き寄せられた彩香は、彼の隣で微笑み、軽く頭を下げた。パーティーが始まってからずっとこれの繰り返しだ。

「どこか庇護欲をそそられる可愛らしいお嬢さんだ。君は年齢のわりにしっかりしてるから、癒し系っていうのかね？　こういう女性が合ってるのかもしれないな。うちの娘をもらってくれないかと思ってたんだがなぁ」

「あなた！　もう結婚した方に失礼ですよ！」

柏木と呼ばれた男の隣にいた妻が「ごめんなさいね」と彩香に目配せしてくる。悪気があっての言葉でないのは好意的に接する男からも伝わってくる。彩香が気にしていないと首を振ると、話は逸れて跡継ぎの問題へと変わった。

「これで子どもができればＯＮＯＧＡＫＩも安泰だな！　正直、彼が社長の座に就くようなら、取り引き自体を考え直さねばと思っていたところだ。しかしその心配も無用か！」

がははっと大きな声を立てて笑った柏木は「彼が社長の座に就くようなら」のところだけ声を潜めて言った。そしてボーイからグラスを受け取り、その一つを仁に手渡す。

柏木の言う彼とは、おそらく仁のいとこだという小野垣新のことだろう。取り引き先の社長にまで警戒されていたとは。仁が言っていた通り、あまりいい噂を聞かない人物らしい。

新の件をさらっと流した仁がこちらを向いた。まるで眩しいものでも見るように目を細める仁は、彩香を心底愛おしむ表情をしている。この顔を見せられる度に恥ずかしくなって、つい視線を落としてしまう。

「子は授かりものと言いますから。この先どうなるかはまだわかりませんが、彼女も私も子どもが好きですし、なるべく早くとは思っております」

腰をするりと撫でられて、くすぐったさに顔を上げる。彩香の顔を上げさせるためにそうしたのだろう。目が合ってまた微笑まれると、顔が熱くてどうしようもない。

演技だとわかっていても、胸の内に不可思議な熱が湧き上がってきて、とめどなく身体を循環する。心臓の音が激しく鳴り響いていた。目を瞠るほどの美形に愛の言葉を口にされては、恋愛経験のない彩香などひと溜まりもない。仁は誰かと身体を重ねるとき、こんな風に女性を誘うのだろうか。そんなことにショックを受ける自分がいる。

「あらあら、仲がいいのね。でも子どもができたって、いい跡継ぎに恵まれるとは限らないわよ。うちの息子なんて次期社長の自覚がないのか、いつまでも遊んでばかりで困っちゃうわ」

「兄弟がいれば良かったんだがなぁ。それなりに張り合いが出ただろうに」

妻が言うと、賛同するように夫である柏木も頷いた。

「それればっかりはねぇ。小野垣社長はまだお若いんですから、二人目もきっとすぐよ。ね？」

柏木の妻と目が合い、彩香は同意するようににこりと微笑んだ。

まだ一人目すら授かっていないのに先の長い話だ。

それに、自分はいい父親にはなれないと言う仁が、二人目を望むとは思えない。

「おいおい、気が早過ぎるだろ。まだ新婚なんだ。今は夫婦二人だけの時間を楽しみたいもんさ」

彩香が困っていると思ったのか、すかさず柏木が言葉を続けた。

「子どもは何人いてもいいとは思いますよ。ですがおっしゃる通り、しばらくは夫婦で過ごすのもいいですね。なかなか忙しくデートの時間も取れないので。彼女をいつも一人にさせてしまって申し訳ないばかりです」

「それはいけないわ！　仕事ばかりじゃ潤いもないでしょうし、どこかにお出かけしたら？　そうそう、この間、新しくできたホテルがねぇ……」

話題がようやくべつに移り、彩香は胸を撫で下ろした。

グラスを渡されたタイミングで仁の腕が腰から外されていた。それに気づくと、心許ないような気分になってしまう。

二人で挨拶回りをあらかた終えた頃、一人の男性が話しかけてきた。どうやら招待客との話が途切れるのを待っていたらしい。

「よう、仁。結婚おめでとさん」

「新……来てたのか」

「当然だろう。まさかお前が結婚するとはね。いろいろと聞かせろよ」

新、と呼ばれた男は、噂のいとこだ。金と地位にしか興味のない男だと聞いた通り、腕時計は彩香でも知っているハイブランドのもので、一緒にいる女性もまた派手で濃艶な美人という印象を抱いた。

新は、彩香を一瞥することもなく仁に向かって顎をしゃくった。仁は仕方ないという体を隠そうともせずため息をつく。

「悪いがここにいてくれるか？」

「あ、はい」

不安が表情に出てしまっていたのか、仁の眉が申し訳なさそうに下がる。背後からぽんと肩を叩いてきたのは、新の隣にいた女性だ。

「初めまして。新の妻の紗栄子《さえこ》よ。よろしく。男同士の話なんてどうせ仕事のことだろうし、奥さんは私とお話ししましょう」

「えぇ……そうですね。仁さん、私はこの辺にいるから」

「わかった」

仁が背を向けて歩いていくのをじっと見ていると、隣からくすっと明らかな嘲笑が聞こえてきた。縋るような目を向けてしまっていたのかもしれない。

「置いてかれた子犬みたいね」

「すみません……こういう場は不慣れでして」

「それは皆さんわかってるわよ。仁が小さな町工場の娘と結婚するって聞いて、社長の妻の座を狙ってた女たち全員、激震が走ったような顔してたわ、あり得ないって」

愉快だとでも言いたげに笑った彼女の瞳の奥は冷えきっていた。彩香に対して結婚を祝う気持ちなど微塵も抱いていないとわかる。

「あの、小野垣さん……」

たしかに自分の育ってきた環境を考えると、この結婚には無理がある。

仁が彩香に惚れ込んで交際を迫ったというのも、信じがたいのも無理はない。だが、信じてもらうほかないのだ。自分が仁の邪魔になってはいけない。

「紗栄子でいいわ。あなたも小野垣でしょう？」

「あの、紗栄子さん、私も驚いてるんです。自分が営業をかけたとはいえ、社長と直接話ができるなんて思いもしませんでしたし、まさかその後、その人と結婚することになるなんて」

仁と違い、彩香は嘘が顔に出るタイプだ。嘘ではなく話せる事実のみを伝えた方がいい。

彩香がＯＮＯＧＡＫＩに営業をかけていたのは真実だし、直接話をしたのも真実だ。ただ、契約の話だっただけで。

「そんなに熱心に口説かれたのね。心境の変化でもあったのかしら？　仁があなたに一目惚れでもしたっていうの？」

信じられない。紗栄子の目はそう言っていた。

心の中で、無理があるよねと同意しつつ苦笑を漏らす。特別美人でもなく、教養があるわけでもない彩香が、仁に見初められるなど。

「それは……私にはちょっと」

恥じらいながら言葉を濁すことでそれ以上の追求を避けた。

本当はいつバレるか戦々恐々としているのだが。自分と仁についての設定は頭に入っているものの、あまり喋ってぼろが出ても困る。嘘はなるべくつかない方がいい。

「それまで頑なに、自分は結婚しない、必要なら養子をもらうって言ってたあの人が、社長に就任した途端いきなり結婚ですもの。あなたが妊娠したら、うちの人が社長の地位に就く可能性はほぼゼロよ。この結婚になにかあるんじゃないかって勘繰るのは当然よね？」

可能性はほぼゼロと言いながらも、彼女がまだ諦めていないことは伝わってきた。

彩香がなにを言っても、紗栄子は信じないだろう。

「そうなんですか……あの、仁さんは、仕事のことをあまり教えてくれないんです。俺の隣で笑っていてくれればいいと言って」

「それって、契約だってバレてぼろが出ると困るから、そう言われたんじゃないの？」

紗栄子は、彩香にだけ聞こえるような低い声で言った。

思わずぎくりと肩が強張る。その動きを見逃してはもらえなかった。紗栄子はにやりと口元を歪めると、さらに声を潜めて言葉を続けた。

「お金のために結婚したんでしょう？」

「ち、違いますっ」

「あなたの実家と付き合いが始まったのはあまりに突然だったわ。それまで、宮田金属加工なんて会社名、一度だって聞いたことがなかったのに」

「それは……私が仁さんとの付き合いを隠したがっていたからで……」

「彼に特別な想いなんてないわよね？」

確信を持っているかのような口振りだ。

特別な想い――彼女の言葉が胸に重く響く。

特別な感情を持ってしまっているのは自分だけ。仁は彩香を契約妻としか思っていない。

彩香が黙っていると、紗栄子は都合のいいように解釈してくれたのか言葉を続けた。

「社長が用意した額と同じだけのお金を用意するわ。あなたの実家への融資も『ＯＮＯＧＡＫＩ』との取り引きも私が責任を持って継続する。だから、離婚してくれない？　あなたに子どもを生まれると困るの。どうせ社長から持ちかけられた話なんでしょうし、取り引きの相手が変わるだけよ？」

カマをかけてみた、という感じはしなかった。紗栄子はすべてを知っているようだ。宮田金属加工の経営が苦しく、仁に助けてもらったことも。契約妻であることも。

紗栄子の条件をのめば、妊娠を含めた仁との契約もなかったことになる。

まだ完全には育ちきっていない恋心を捨てるために、紗栄子の話に乗ってしまおうか。そんな考えが頭を過るが、固く閉じた口はぴくりとも動かない。

「うちの人、どうしても『ＯＮＯＧＡＫＩ』がほしいんですって。専務の立場じゃ、自分のやりたいようにやれないじゃない？　本当は能力のある人なのよ。実力で闘ってならわかるけど、あなたの妊娠でその目がなくなるってあんまりよね」

仁から、新は金と地位にしか興味のない男と聞いていた。本当は能力のある、という話は、どこまでが本当だかわかったものではない。

(仁さんは、ほかにやる人がいないから社長でいるって感じだったし)

先ほど顔を合わせた新にいい印象は持てなかった。

新は、仁の隣にいる彩香を視界にも入れなかったのだ。ほかの多くの人が、ただの町工場の娘である彩香にもおめでとうと言ってくれたのに対して、新は祝福の言葉一つ、視線一つこちらによこさなかった。

彩香は、やはり仁を信じたい。

仁は、こういう場で平気で嘘をつける人だが、彩香に触れる手は優しく、契約を持ち出しながらもいつだって自分を気遣ってくれた。過ごした時間が短くても、仁と新、どちらが信じるに値するかなど比べるべくもない。

「社長は悔しいんでしょうね。実の子なのに会長であるお父様とは疎遠でしょう？　でも、主人は会長にずいぶんよくしてもらってたのよ。社長が結婚せず養子をもらうってことに反対して、それなら主人の味方につくと言ったのもそのせいですもの」

彩香が黙ったままでいたからか、紗栄子が小野垣家の内情をぺらぺらと話し始める。彼女から情報を収集できるのはありがたい。彩香は本当に仁のことを何一つ知らないのだ。

「そうなんですか？」

「あら、知らなかった？」

「お義父様の話は、どうにも聞きにくくて」

曖昧に誤魔化すと、紗栄子は得意気な顔で笑みを浮かべる。ほら、あなたはその程度なんでしょう、そう言われているみたいだ。

実の子なのに父親と疎遠。新が仁の父親によくしてもらっていた、とは。

以前、仁の父親の話題に触れたとき、怖いくらいの視線を返されて、地雷を踏んだと思った。張り詰めた空気を発する彼にそれ以上なにも聞くことができなくなった。

彼のあの目は、彩香に向けられていたのではなく、彼自身の父親に向けたものという可能性に気づく。

「そうよね〜、今はお母様と別居しているとはいえ、あんなことがあったんじゃ仕方ないわ。社長も無関係の人には話したくないでしょうしね」

疎遠になった理由を詳しく聞きたかったが、紗栄子はそれ以上語らなかった。大事なところでは口が堅いのか、わざと彩香を煽っているのかはわからないが。

(ご両親、別居してるんだ)

彩香は、いまだに仁の両親に結婚の挨拶をしていない。無理を言うわけにもいかないが、気にはなっていた。彼女の言う通り、契約上の妻である無関係な自分には話したくないのかもしれないが。

落胆が胸に広がる。なにも話してくれないのも仕方がないと諦めてはいるが、パーティーでこういった話が出る可能性があるのなら、別居していることくらいは教えておいてくれても良かったのではないだろうか。

「ねぇ、さっきの件、考えておいてね。悪いようにはしないから」

彩香は黙ったまま、なんと返すべきかを考える。

どうしてもこの人と新を信用することができない。

仁は、社長としてONOGAKIの社員を守るために結婚を決めた。

契約ではあったが、彼はいつだって誠実だった。

宮田金属加工を助けるために、ブライダルチェックの結果が出る前に動いてくれていたのだ。うちの経営状況がそれだけ逼迫《ひっぱく》していたからだ。彼が金を出してくれなければ銀行への返済が滞り、すぐにでも倒産していたかもしれない。

(もし私に子どもが産めないって結果が出ていたら、どうしていたんだろう)

普通ならば、契約自体がなかったことになる。宮田金属加工に援助する必要もない。

だが、もしブライダルチェックで問題があったとしても、仁は援助を打ち切るような真似はしなかったのではないか、と考えてしまう。もちろん、経営者として冷静に判断を下さなくてはならないこともあるだろう。

仁は宮田金属加工の技術力を高く買ってくれていた。技術を後世に伝えるべく人材の育成にも力を入れていくと、仁の命令を受けた経営コンサルタントが言っていた。

そんな彼のわかりにくい優しさに彩香は何度も救われた。

だからこそ、妊娠、出産という女性からすればそう簡単に頷ける内容ではなくとも、彼に応えなければと強く思ったのだ。

この気持ちが恋ではないのなら、なんだというのか。

(やっぱり好き……なんだよね)

自分の感情に鈍過ぎだ。しかし、それも仕方がない。

契約で結婚した相手を好きになるなんて思わなかったのだから。

「待たせたな」

彩香が断ろうと口を開いたタイミングで、背後から声をかけられる。

その声が待ちわびた彼のもので、彩香は強張っていた肩から力を抜いた。

「いえ。お話は終わったんですか？」

「あぁ。彩香、疲れただろう？　先に部屋で休むか？」

仁は彩香の頬をそっと撫でながら言う。頬を撫でられまたもや頭が真っ白になる。一瞬、合図のことを忘れていた。だが、彼の視線に気づき慌てて頷く。

「はい、ちょっと疲れてしまったので、そうします」

「わかった。じゃあ部屋まで送ろう。では、失礼する」

彩香は、きつく目を細めて仁を睨む新と紗栄子に会釈をして、会場をあとにした。

結局、新とは一度も目が合わなかった。

仁に腰を支えられながら、エレベーターホールで足を止める。おそらく部屋に入るまで、仲睦まじい夫婦の演技は続くのだろう。

(そういえば今日、同じ部屋で休むんだっけ)

夫婦なのに別々に部屋を取っていたら怪しまれるのは当然だ。パーティーの出席者の中には、宿泊して帰る人もいるだろう。どこで見られているかわからない。

エレベーターには誰も乗っていなかった。思わず深く息を吐くと、彼の腕が離れていった。それを少し寂しく思ってしまう。

「なかなかいい演技だった」

「そうですか？　私の方が、仁さんの俳優ばりの演技にびっくりしたんですけど」

「あれくらいできないと海千山千のトップと渡り合っていけないからな」

仁も気が抜けたのか、いつもの無表情になる。にこにこ笑っているよりもこちらの顔が見慣れているが、そのあまりのギャップについ笑みが浮かんだ。

「なんだ？」

「いえ……笑ってるよりも、そちらの顔の方が安心するなって思っちゃって」

そう言うと、仁が気まずそうに目を逸らした。

エレベーターのドアが開く前に、仁の腕がふたたび腰に回される。高いヒールを履き続けたため足に疲れがきていたのか、ふらりと身体が揺れた。生理のせいか身体もひどく重い。

「大丈夫か？　そういう靴は歩きにくいだろう。痛みは？」

腰を強く引き寄せられて、頭が彼の腕にくっつく。

シャワーのあとにはしない香水の香りが鼻をくすぐった。わずかに汗の混じった匂いは嫌いじゃなかった。

「そう、ですね。痛くはないですけど、履き慣れないので」

「支えてるから、寄りかかっていい」

本当は自分で歩けたけれど、言わなかった。もう少しだけ仁に触れていたかった。

カードキーでドアが開けられ、中へ促される。部屋は一般的なツインではなかった。入ってすぐはリビングで、寝室はべつにあるらしい。すごいと目を輝かせて部屋を見回すと、ドアのすぐ近くで彼が足を止めた。

「まだ挨拶が残ってるから会場に戻る。俺を待たずに君は早く休むように」

「はい、わかりました。今日はありがとうございます」

腰に回っていた腕が離れていく。彼の匂いはもうしない。

「礼を言うのはこちらの方だ。助かった」

誰も見ていないのに、仁の手が彩香の髪に触れた。

優しい手つきが嬉しくて彩香はうっとりと目を細める。そして彼の手がそのまま滑り下り、頬を軽く撫でられると、胸が高い音を立てて跳ねる。

顎を持ち上げられ、仁の顔が近づいてくる。

キスの予感にどうしようもないほど浮かれてしまう。

だが同時に驚きもあって、目を閉じずに彼を凝視していると、我に返ったような勢いで仁が顔を離した。その表情には困惑と驚きがありありと滲み出ている。ここまでわかりやすく表情を変えるのは珍しい。

「……じゃあ」

「はい、お仕事頑張ってください」

彩香は心の内にある動揺を悟られないように、仁の背中を見送った。

(キスしてくれるのかもって期待しちゃった……目、瞑ってなくて良かった……)

おそらく、彩香の動揺はバレていないはず。彼が部屋に戻ってくる頃までに落ち着いていなければ。赤くなった顔を手のひらでぱたぱたと扇いで風を送る。

(二人で泊まるんだよね……ここに)

いつもは帰ってしまうけれど、今日は違う。たとえ周囲に契約婚だと悟らせないためだとしても、朝まで二人きりで過ごせるのは楽しみだ。

今日は排卵日ではないため、彼との行為はない。そのことにがっかりしている自分がいて、恥ずかしさが押し寄せてくる。これではまるで彼に抱かれたいみたいではないか。

(そんなこと……あるの、かな?)

彼に抱かれた夜を想像すると、じんと下腹部が疼くような感覚がした。肌が敏感になり、組んだ腕をさするだけで熱っぽい息が口から漏れる。抱いてもらえなくてもいい。ただ一緒に過ごせれば。そんな彩香の思いとは裏腹に、身体は熱を持て余す。

(そうだ……っ、着替えよう……うん)

彩香は、頭の中から仁を無理矢理追い出し、ホテルのスタッフが運んでくれた荷物の中から着替えを取り出す。シャワーを浴びると、ようやく気持ちも落ち着いた。

だが、パーティーが終わる二十一時を過ぎても、仁は来なかった。

寝支度を整えてベッドに横になると、目を開けていられなくなる。パーティーで気を張って疲れていたのだろう。ベッドでうつらうつらしている間に彩香は深く寝入ってしまった。

「ん……?」

部屋に響く機械的な音で目が覚めた。

窓から差し込む日射しはすでに明るい。隣のベッドを見るが、使われた形跡すらなく、もちろん仁の姿もなかった。結局、部屋には来なかったようだ。

彩香は、ベッドからのろのろと腕を伸ばし、サイドテーブルに置いたスマートフォンを取った。

「もしもし？」

『竹田です。昨日はお疲れ様でした。まだお休みになられていましたか？』

「いえ……大丈夫です」

『だいぶお疲れだったようですね』

疲れが声に出てしまっていたらしい。仁はどこにいるのだろうか。電話口から車の排気音のような音が聞こえてきて、外であることが窺えた。

「仁さんは……」

『社長はすでに出社されています。部屋の精算は済んでおりますので、支度が済みましたらタクシーでお戻りください』

「わかりました」

用件だけ言うと、電話はすぐに切られてしまった。仁は、昨日この部屋には来なかった。おそらくいつも寝泊まりしているホテルに戻ったのだろう。

(同じ部屋で休むって言ってたのにな……)

彩香に気を使ってくれたのか。もしくは彼自身が彩香と同じ部屋で休むのがいやだったか。

そう考えてがっかりしてしまう。自分たちは本当の夫婦ではない。初めは、よく知らない人と一緒に暮らすより、一人で過ごせるのならそちらがいいと思っていたはずなのに。

彼から与えられる優しさは対価あってこそ。契約以上を期待すれば自分が傷つくことになる。

(わかってるのに……どうしよう……もうこんなに……)

彩香はベッドに倒れ込み、掛け布団を力の限り抱き締めた。

まるで昨夜の彼の体温を思い出すように。

抱き締め返してくれる腕はなかったけれど。

＊＊＊

彩香を部屋に送り届けた仁は、エレベーターを待ちながら、自分の思ってもみなかった感情に混乱していた。

どうなることかと内心はらはらしていたが、彩香は思っていたよりもずっとうまくやってくれた。

ねぎらう言葉をかけるだけのつもりだったのに、気づくとなぜか手を伸ばしていた。

髪を撫でると、彩香は気持ち良さげに目を細めた。その顔がベッドでの彼女を思い起こさせ、つい頬に触れてしまった。そのまま顎を持ち上げ唇を近づける。彼女の目が伏せられていたらどうなっていたか。

(俺は、なにをしてるんだ……彼女に会ってから、おかしいだろう)

彩香に対して同情心はあっても、恋愛感情はないはずだ。

それなのに、彩香には調子を狂わされてばかりいる。

初めて喫茶店で会った日の、頼りなさげな姿を思い出す。

倒れてしまうのではと心配になるほど弱々しかった。それも当然か。宮田金属加工はそれほどまでに切羽詰まった状況だったのだから。

仕事に情を挟むことはしない。時にはいっさいの情を捨てて切り捨てなければならないこともある。宮田金属加工の技術力をなくすのは惜しいとは思うが、正直、借金まみれの会社を手に入れてもメリットはさほどない。技術がほしいのなら職人だけ引き抜けばいい。

それでもわざわざ取り引きを持ちかけたのは、彩香に恩を売り、契約に頷いてもらうためだった。

仁の狙い通りにいった、はずである。

マンションの一室を与えてからも、竹田から聞く話では、彩香の暮らしは以前とそう変わらない。十分な金を渡しているはずなのに、飲み水すら買わないことに驚きを隠せなかった。

仁を迎えたときに着ていた服も、実家から持ってきたものだとすぐにわかるものだった。無駄に金遣いが荒いよりはいいが、遠慮をして言い出せない可能性もあり急いで揃えさせた。

それでも、室内に彼女の私物と思われるものはあまり増えていない。彩香の口から度々出てくる「もったいない」という言葉を思い出し、無意識に仁の頬が緩む。

彼女にとっては贅沢な生活なのだろう。服を贈っても喜ぶどころか困惑するなんて。

(だが、今日の彩香は綺麗だった)

思っていた以上に美しく、うまく言葉が出てこなかったほどだ。

会ったばかりの頃は、疲れと精神的な負担なのかかなり痩せてしまっていたが、今は多少ふっくらとしてきて肌つやも良くなった。もともと綺麗な顔立ちがさらに際立ち、招待客の驚いた顔に胸がすく思いをしたものだ。

新に呼ばれたとき、彩香は心細そうにこちらを見ていた。仁が戻ると、まるで安心しきっているような顔になった。

彼女が頼れる相手は自分しかいない。そのことにひどく充足感を得た。ふらつく身体を支えたとき、ふわりと彼女の香りが鼻をくすぐり、覚えのある熱に襲われ下半身が反応しかかった。

焦って部屋をあとにする自分をおかしく思わなかっただろうか。

(あの日も、本当は抱くつもりなんてなかったっていうのに)

妻でいてさえくれれば、契約に妊娠を盛り込む必要もなかった。仁の計画通りにいけば、そう遠くない将来に彩香を計画から解放できるはずだったのだから。部屋に行き、彩香の覚悟を確かめるだけのつもりだった。逃げるのか、裏切るのか、それとも腹を括るか。

彩香が言いつけ通りに寝室で待っていたのなら、契約の変更を申し出るつもりだった。自分に抱かれる必要はないのだと。彩香の身体を傷つける真似は決してしないと。

(それなのに……どうして抱いてしまったんだろうな)

優しくしてほしい、などと言われて欲をかいた……としか思えない。

罪悪感から、緊張を隠せない彼女に口づけようとして、仁は思いとどまった。不埒な思いで唇まで奪うことにどうしても抵抗があったのだ。

契約通りなのだからと自分に言い訳をしながらも、男を知らない身体に一つ一つ快感を覚えさせていくのは不思議と楽しいものだった。

肉付きは薄く、乳房は仁の手のひらにすっぽりと包まるくらいしかない。もっと食べた方がいいのではと口に出そうとして、余計なことかと胸の中に収めた。

彩香の反応を引き出し、少しでも痛みをなくすために入念に愛撫をしたはずが、彼女の反応と声に煽られ、無垢な身体に次第に夢中になっていった。そして、初めての身体を開いた瞬間、なぜかひどく満たされた心地がした。

彩香には可哀想なことをした。好きな男と結婚し普通の幸せな結婚だってできただろうに、契約で縛ってしまっているのだから。しかも処女を奪ったのが自分のような男だなんて。

自分が言えることではないが、好きでもない男に抱かれなければならない苦痛はどれほどのものだったかを考えると、同情を禁じ得ない。

だからこそ、なるべく彩香の気持ちに寄り添いたかった。結婚後の生活は彼女の望む通りにする。それがせめてもの罪滅ぼしだと思っていたのだが。

(罪滅ぼしどころか……俺が癒やされてどうする)

セックスをするためだけにやってくる男に対して、どうしてあんなに無防備でいられるのか。まるで自分を信じ切ったような顔をして。

(本当のことを話して、早く解放してやらないと)

彼女に会う度、今度こそ話さなければと思うのに、先延ばしにしてしまう。

遠くない未来、契約のことなど忘れて、自分の人生を歩んでいってくれればいいと思っていたというのに。彼女が離れていくと考えるだけで胸が苦しくなる。妊娠すればこのまま契約を続けられるのではないか、と虫のいい想像をして自分自身に嫌気が差した。

部屋を出た仁は、エレベーターに乗り込み、階下のボタンを押す。

今夜は同じ部屋に泊まるつもりだった。別々に部屋を取ったことを知られれば、疑心を抱かれる可能性もあったからだ。

けれど今夜、あの部屋に二人きりでいられる自信がまるでない。肌を重ねた相手だ。おそらくはたやすくたがが外れてしまうだろう。

彼女にどうしようもなく惹かれていると自覚しなければならない。その上で、これ以上深みにはまらないように気をつけなければ。

(俺には……そんな権利はない。誰かを愛する資格なんて、ないんだ)

仁はパーティー会場に戻り、己の顔に仮面を貼りつける。

「仁」

背後から呼びかけられて振り返る。

そこにいたのは、先ほどまで話をしていた新の妻、紗栄子だった。

常に自分が一番でなければ気が済まない性格は面倒としか言いようがない。表向きは新を立て貞淑な妻を演じているものの、実のところ新よりも野心は強い。

良くも悪くも単純で考え方が一直線の新はすっかり騙されているが、目的のためには手段を選ばない人物だ。

「先ほどはどうも」

扇情的なドレスに身を包んだ紗栄子は、その身体から花のような香りの香水をぷんぷんと匂わせ、腕と腕が触れそうなほど近づいてきた。既婚者への距離ではない。

仁は鼻をつまみたい心境に駆られるも、なんとかこらえて和やかに微笑む。

「奥様、動揺してなかったかしら？」

「動揺？」

紗栄子がなにかを企んでいることはわかっている。新に連れ出され彩香と離されたのも、おそらく紗栄子の指示だろう。

(なにか言ってくるだろうと思っていたが、やはり彩香の方に来たか)

面倒でしかない社長の座などほしければくれてやる、そう言えればどれだけ楽か。

「彩香さんのご実家を助けてあげたんでしょう？　お優しいわね。その見返りに、婚姻届に名前を書いてもらったの？」

「なんの話かわからないな」

「彩香さんってすぐ顔に出ちゃうタイプね。そんな人にあなたの妻は務まらないわよ。あなたのお父様の話を知らなかったのね、教えてあげたら顔色を変えていたもの。だめじゃない。夫婦の会話って大切よ？」

「父の話は彩香にはしていない。彼女はご両親に大切に育てられた。そんな彼女の心に波風を立てたくなかったからな。こうしてあなたにいらぬ憶測をかけられるのも迷惑だ」

「私、知ってるんだから。あなたが結婚してからずっとホテル住まいなこと。一ヶ月に何度かは様子を見に行っているみたいだけど。週末婚どころか、完全な別居状態じゃない。よく夫婦だなんて言えるわね」

いずれバレるとは思っていたし、バレたところでなにも問題はない。彩香と婚姻関係があるのは事実。ただ一緒に住んでいないだけだ。

「問題はないだろう？　別居状態の夫婦なんていくらでもいる」

仁が言うと、口元を歪ませた紗栄子がさらに距離を詰めてきた。腕を絡められて、あまりの不快さに眉間にしわが寄る。

「なら、取り引き相手に私を選べば良かったじゃない。新を蹴落としたいなら、いくらでも協力してあげたわ」

するりと腕を撫でられて、背筋に悪寒が走った。

彩香を抱いているときにはまったく感じなかったのに、紗栄子に触れられるだけで不愉快を通り越して、忌ま忌ましいとさえ思う。

「離してくれないか。妻以外の女性に触られたくない」

怒気を含んだ声で言い放つ。仁の声はパーティー会場の喧噪《けんそう》に埋もれることなく響き渡った。殺気立った仁の視線に気づいたのか、紗栄子が血の気の引いた顔で手を引く。

そして悔しそうに唇を噛むと、浴びるように酒を飲んでいる新のもとへと歩いていった。

仁は、残りの時間をなんとかやり過ごし、パーティーの主催者として挨拶を終えて、竹田に連絡を取った。

「俺だ、会社に戻る」

『今日はそちらのホテルに泊まると伺っておりましたが』

仁は目を逸らし内心の動揺を隠すように一息に告げた。

「やらなければならないことを思い出した」

『かしこまりました。ホテルの正面玄関は人の目がありますので、駐車場でお待ちしております』

いつもながら、感情の欠片も感じさせない声色で淡々と命令に従う男だ。今日は急ぎの仕事などないと知っているはず。竹田はそれでも疑問を口に出さない。

「あぁ、頼む」

パーティー会場から地下の駐車場へと向かった。エレベーターに乗り込み、ふと、彩香のいる部屋の階数ボタンを見つめる。

彩香はもう寝てしまっているだろうか。

おやすみと言ってほしかった、戻る前にもう一度だけ話をしたかった、そんな考えに至る自分に苦笑を漏らすと、地下のエレベーター前で待っていた竹田が、仁を見つめ驚いたように目を見開いた。

「なんだ？」

「いえ……こちらです」

仁は、駐車場で竹田と合流し、後部座席に乗り込む。

竹田はなにかを言いたげな顔で運転席に座ると、一つ一つ言葉を選ぶように続けた。

「……彩香さんは、よろしいのですか？」

珍しいこともあるものだ。竹田の口から出た言葉とは思えない。なにを言いたかったのだろう。

彩香が部屋で待っているとでも。まさか。そんなことがあるはずもないのに。

「誰にも見られていない。問題はないだろう」

「そうですか」

それきり言葉はなく、仁はぼんやりと窓の外に目を向けた。

(俺みたいな男が、彼女に愛されるはずもない)

外見や立場に惹かれる女性はいても、彩香はそのどちらにも興味を示さない。契約に頷いたのも、ただ大切な家族を守りたいという一心だった。

そんな女性が、自分を好きになることなどあり得ない。

母親にさえ拒絶されるような自分に。

仁は自嘲的に口元を歪めると、胸に迫る怒りと悔しさに気づかないふりをして、目を伏せたのだった。

第五章

マンションの敷地内は至る所に樹木が植えられていて、住民たちの憩いの場として賑わっている。早朝は散歩をする人も多く見られ、彩香も毎朝こうしてマンションの周りを歩いていた。

春の訪れを感じさせる沈丁花の爽やかな香りが鼻をくすぐる。桜の木を見上げると、いくつもの蕾が今にも花を開きそうなほど膨らんでいた。

「はぁ、気持ちいい。でも体力落ちたなぁ」

金策に走り回っていた頃とは大違いだ。数キロ歩くだけで息が切れる。だが、しっかり食べて、しっかり寝ているからか体調はすこぶる良好だ。

仁とパーティーに参加してから一ヶ月が経つ。

ほんの二週間前の排卵日、前後二日にも彼と関係を持った。

彼と身体を重ねて何度目になるだろうか。

今回も妊娠には至らなかった。

なかなか妊娠しない彩香に仁も焦れているのかもしれない。ここ最近は一度で終わらず、二度三度と抱かれることが増えてきた。仁の愛撫に慣れてきたのか、はたまた彼が女性の快感を引き出す手技に長けているのか、彩香は我を忘れて感じてしまう。

自分がすっかり仁に対して気を許しているのも理由にあるだろう。

彩香はつきりと痛む下腹部を押さえて、部屋に戻った。

仕事をしていないため毎朝こうして歩くようにしているが、もう少し外を出歩いた方がいいかもしれない。家にこもってばかりいると、不安が増えて考え事が多くなり悪循環だ。

(生理来たって、連絡しないと)

妊娠しなかったと告げるのは非常に気が重い。スマートフォンを握りしめ、ため息を漏らす。

彼は彩香を焦らせるようなことは言わない。以前に生理が来たと伝えたときも「そうか」と一言発しただけだった。

(妊娠しなかったら……私はいつまで、仁さんの奥さんでいられるのかな……)

ブライダルチェックではなんの問題も見つからなかった。けれどそれは、確実に妊娠できるという保証ではない。

このまま一年、二年と時が過ぎたとき、どうなっているかなど考えるまでもなかった。

(私は契約妻なんだから……)

妊娠できなければお役御免となる。早く妊娠しないと。そんな風に、彼のそばにいるためだけに妊娠したいと考えてしまう自分がおぞましくなった。

だが、それよりもずっと強い気持ちで、ただ仁を望む自分がいる。無理だとわかっていながらも手を伸ばさずにはいられない。

あのパーティーの夜から、彼への恋心は以前よりもずっと重くなった。

（キス、してほしかったな）

キスの予感に心が震えたあの夜を何度も思い出す。身体を重ねる度に唇へのキスを期待し、そこを素通りする彼に落胆した。仁への恋心が日ごと募っていく。

たとえ一ヶ月に数度でも仁と会う日が楽しみで。彼の優しさや気遣いが嬉しくて、彼が帰ると寂しくて。次の日も会えると聞けば喜びで胸が弾んだ。

苦手なパーティーでさえ、今の自分は、仁に会えるなら喜んで足を運んでしまうだろう。彼に愛されたい、愛してほしい、その想いは日々強くなる。

彩香はスマートフォンをタップし、仁へメールを送った。

「今回も、妊娠に至りませんでした……でわかるよね」

メールを送るとすぐに返信があった。「わかった。じゃあ次の排卵日にまた」と書かれていて、胸を撫で下ろした。

まだ仁と一緒にいられる時間が残っている。一ヶ月にたった三日間でも、会える日がある。抱いてもらえる。相変わらず、唇にだけは触れられないけれど。

（次の排卵日まで、二週間と少し）

仁に会える日をこんなにも待ち遠しく感じるなんて、契約結婚を持ちかけられたときには思いもしなかった。

（妊娠したら……仁さんと本当に夫婦になりたい……なんて無理かな）

芽生えた恋心のせいか、彩香はいつのまにか、彼と家族になりたい、子どもを含めて愛してほしいと切望してしまっている。

そんなことばかり考えるのは、一人で部屋にいることが多いからだろう。以前、実家にいた頃は恋愛で悩む暇さえなかったと思えば、幸せなのかもしれない。

「やっぱり、ご飯……作ってみようかな」

仁は、いつも食事をせずにこの部屋を訪れているようだ。身体が基本だろうに青白い顔をしていることも多い。彩香には、妊娠していると思って行動しろなどと言うくせに。

忙しいと食事が疎かになってしまう気持ちはわかる。金策に走り回っていたとき、両親も彩香も落ち着いて食事をしていた記憶はない。

しかし、そんな生活を続けた結果、しばらくして母が過労で倒れたのだ。幸い、入院は数日で済んだが、あのときは生きた心地がしなかった。

青白い顔をしていた母の体調を慮ることができなかったことを、自分も父も心底悔やんだ。以来、どんなに忙しくとも三食きちんと食べる、は宮田家の家訓となっている。

それに、この部屋に来るときくらいは気を抜いてほしい。体調くらい心配させてほしい。

気持ちを打ち明けて困らせるつもりはないが、いつか、自分を好きになってくれないだろうかと、彩香は淡く期待をしては心を躍らせた。

＊＊＊

二週間後、排卵検査薬で陽性が出たことを確認して、いつものように仁へメールを送った。

連絡はすぐにあって、一言「わかった」とだけ返される。

ありがたいことに生理も排卵日も大幅に周期が狂うことはなく、おそらくこの辺りだと仁に伝えておいたため、仕事の調整がしやすくなったと竹田から礼を言われた。

彩香は、いつものようにシーツを洗濯し、部屋の掃除を終える。

心が浮き立ってしまうのは致し方ないだろう。一ヶ月に三度のこの日を、いつしか待ちわびるようになってしまったのだから。

買い物に出て帰ってくると、すでに夕方だった。

彩香は、仁の食事の好みを知らない。この間のパーティーでも仁はなにも口にしなかったし、普段どこで食事をしているのか、自炊はするのか、そんなことさえ聞けていない。

(カレーにしちゃったけど……ちょっとお子様メニュー過ぎたかな)

カレーならだいたいの人が好むはず。と考えただけでなく、匂いに釣られて食べてくれるかなという期待もあった。

肉は牛か豚か、それとも鶏か。仁は何派だろう。

いつもは豚肉を使うのに、少し奮発して牛肉を購入した。あとはちょっとしたサラダを作っただけの簡素な夕食だが、仁の好みがわからない以上、あまり作り過ぎても無駄になってしまうかもと考えた結果だ。

予定を伝えておいたからか、仁が部屋を訪れたのは十九時前とわりと早い時間だ。

足取り軽くインターフォンに応答すると、玄関先に現れた仁がなにやら訝しげな顔をした。その表情には疲れが滲み出ている。

「こんばんは。どうかしました？」

「この匂い……」

部屋にいた自分は気づかなかったが、カレーの匂いがどうやら玄関先にまで充満していたらしい。匂いに釣られる作戦は有効だったかもしれないと期待が高まる。

「あっ、カレー作ったんです！　あの、仁さんの分もあるので、一緒に食べませんか？」

勇気を振り絞って伝えると、やや間があって仁が首を振った。

「いや、けっこうだ。シャワーを借りる」

仁はそう言って背を向ける。

断られることとくらい想定内だ。

(諦めないんだから……っ)

彩香は温めておいたカレーをよそい、テーブルにセットした。サラダもドレッシングをかけた状態で置いておく。ここまでお膳立てされれば、さすがに食べてくれるだろう。

バスルームのドアが開いた音がして、しばらくするとバスローブ姿の仁が脱衣所から出てくる。

テーブルに視線を向けた仁が驚いたように目を見開き、直後、うんざりしたように眉を寄せた。

「食べませんか？」

「余計なことはしなくていい。互いの生活には干渉しない約束だっただろう。君の仕事は、妻としての役割を全うすることだけだ」

理解できないといった彼の表情を見て、ようやく察する。態度も言葉からも彼の拒絶が伝わってくる。彩香が夕食を用意したことは、迷惑だったらしい。少しくらいは喜んでくれるかもしれないと考えた自分が愚かだった。

思っていたよりもいい人だからきっと、と。

優しい人だから、遠慮をしているだけだ、と。

そう思ったのは、勘違いだったらしい。

恋愛をする気も、家庭を作る気もないと言われたことを忘れて、彼の迷惑も考えず、初めての恋に舞い上がってしまっていた。

仁は彩香をリビングに残し、一人でさっさと寝室に入ってしまう。

「恥ずかしい……キスされそうになったくらいで」

小さな呟きが虚しくリビングに響く。独りよがりだったのに、もしかしたらと浮かれて、バカみたいだ。

仁は徹底して役を演じているだけだ。勘違いしてはいけなかった。

あの日昼が触れそうになったのも、気のせい。

パーティーの日、甘い声で〝彩香〟と名前を呼ばれたが、この部屋で彼に名前を呼ばれたことは一度もない。結婚していていても、彩香は彼の内側に入ることを許されてはいなかった。

両親のことすら教えてもらえないのだから、信用もされていないのだろう。

それに気づくと、目が覚める思いがした。求められている以上を望めば、傷つくのは自分なのだとわかっていたじゃないか。それなのに、いつかはなんて期待して傷ついて。

(バカだ……私、なにを思い上がってたんだろう)

恥ずかしくて、悔しい。吐く息が震えて、目の奥がじんと熱くなる。涙をこぼさないように、必死に唇を噛みしめて鼻を啜った。

(泣いちゃだめ……仁さんにバレちゃう)

彩香は心を落ち着けるため深呼吸を繰り返す。そして寝室のドアをそっと開けると、待ちわびたように仁が手を伸ばした。

暗くて良かった。赤くなった目を見られなくて済む。

どれほど仁の手が優しくとも、彩香が好きになってはいけない人なのだ。

腕を引き寄せられて、性急な手つきで部屋着を頭から脱がされた。

あっという間にベッドに身体が沈み、仁が覆い被さってくる。ブラジャーはつけていない。ふるりと揺れる乳房を手のひらで覆われて、期待で勃ち上がる先端を指の腹で擦られた。

「あっ……」

快感に慣らされた身体がぴくりと跳ねる。

仁は気をよくしたように胸への愛撫を強くした。両方の手で胸の先端を捏ねくり回す。くにくにと押しつぶされて、指で摘まみ上げられる。

「はぁ……あ、あっ」

「ずいぶんいい反応をするようになったな」

仁はそう言いながら、赤い舌を突き出して、見せつけるように乳輪を舐める。敏感な突起に触れず、くるくると押し回しながら舐められると、頭を振って身悶えてしまう。

「あ、そこばっか……や、です」

口から漏れる息はすでに荒い。枕をぎゅっと掴み快感に耐えていると、乳首に歯が押し当てられ、かりっと甘噛みされる。

「あぁぁっ」

彼の口に胸を突き出すように、背中を浮き上がらせてしまう。感極まったような高い声で喘ぐと、仁はますます舌の動きを激しくして彩香を追い詰める。

足の間がじっとりと汗ばみ、愛液が滲み出す。ただ子どもを作るためだけならば、こんな風に愛撫する必要はない。それなのに、彼はいつも彩香の唇を除く全身に触れてくる。

(こんな風に、優しくするから……っ)

もう愛されているだなんて勘違いはしない。いつかはなんて期待もしてはいけない。

快感に流されながらも、胸を覆う悲しみは深く、触れられれば触れられるほど彩香は傷つく。

「ん、んっ、あ」

乳首の上で舌が動かされる度に、くちゅ、くちゅっと唾液の絡まる音が響いた。卑猥な音が耳から脳に届くと、全身が燃え立つように熱くなり、空っぽの隘路がじんじんと疼き出す。

「も……こっち、して」

彩香が誘うように足を広げると、仁の目に情欲の火が灯る。

胸の間から顔を上げた仁がぺろりと唇を舐める。色香を含んだ目がこちらを向くと、ぞくりと肌が粟立った。

「簡単に濡れるようになったな」

つま先が宙に浮く。膝に唇が触れて、足の間を注視されると、とろりと愛液が溢れ出した。早く触れてほしくて我慢ができない。

「指がいいか？　それとも、舐めてほしい？」

「な、んでも……いっ、から、ほし」

濡れそぼった蜜口が誘うようにヒクつくのがわかった。

仁は、バスローブの紐を解き、すでにいきり勃つ肉棒を軽く手で扱いた。先端からつぅっと透明な体液が流れ落ちる。

「なら、もう挿れてやる。こんなにぐちゃぐちゃにしてるなら痛くはないだろう」

両足を抱えられて、滾った彼のものを押し当てられる。一瞬、身体が強張るが、丸みを帯びた先端がずずっと胎内に入ってくると、心地好さの方がずっと大きくなってくる。

「はぁっ、あ、んんっ」

太い部分で少しずつ隘路を押し広げられる。愛液の滲んだ蜜襞は男のものを貪ろうと淫猥に蠢き、締めつけた。

真上にある仁の顔が切なげに歪んだ。苦しそうに息を吐き出した彼が、一気に腰を押し進める。

「ひぁぁっ！」

最奥を貫かれた瞬間、全身の血が激しく沸き立つ。

びくびくと腰を震わせながら呆気なく達してしまい、恍惚とした目で宙を見る。全身が弛緩し、シーツにぐったりと身を沈ませると、足の間から透明な愛液がとろとろと溢れでてくる。

「挿れただけで達するほど、俺がほしかったのか？」

頭上で荒々しい息を吐き出した仁が、なにかに耐えるような顔をして言った。

繋がっただけで達してしまったことに改めて気づかされ、頬に熱がこもった。暗に淫らだと言われているようでいたたまれない。

彩香の身体をこんな風に変えたのは仁なのに。欲情してくれても愛情はくれない。その線引きははっきりしている。

愛してもいない女をこんな風に優しく抱ける仁に失望してしまう。

けれどもう、どうしたって嫌いになれない。自分の作った料理さえ食べてくれないひどい男なのに、どうしてか彩香に触れる手は驚くほど優しい。それが悲しかった。

好きじゃないなら、優しくしないで。それは自分勝手な願いだとわかっているけれど。

彩香を契約妻だと言うのなら、もっと割り切った態度でいてくれたら良かったのに。中途半端に優しくされたのでは、嫌うことも、諦めることもできやしないではないか。

「大丈夫か？　動くぞ」

「は、い」

彩香が小さく頷くのを待って、仁が腰を引く。いまだ絶頂の余韻の抜けきらない身体は、軽く柔襞を擦られるだけで顕著な反応を示す。

「あ……っ」

開いた膝がびくんと震えると、ぎりぎりまで引き抜かれた怒張をふたたび一気に押し込まれる。ずちゅうっと耳を塞ぎたいほどの淫音が立ち、全身の肌が総毛立つ。

「は、あ、あっ、ん、んんっ」

真上から叩きつけるような動きで腰を穿《うが》たれる。あまりに激しく全身を揺さぶられて、よがり声さえ途切れがちになってしまう。容赦なく柔襞をごりごりと擦り上げられると、頭の芯まで快感に染まり、本能のままに精を搾り取ろうと隘路が収縮する。

「ひ、あぁぁっ」

弱い部分を突き上げられて、下腹部がきゅんと疼く。ひときわ心地いい快感が迫り、悲鳴のような声が漏れる。

「あぁ……いいな、すごくいい」

興奮しきった男の声が聞こえる。彩香を愛してもいないくせに、自分の身体に興奮してくれると知るだけで、これほど嬉しいなんて。

蠕動《ぜんどう》する媚肉が男の欲望をしゃぶり尽くそうとする。これ以上入らないと思っていたのに、さらに奥深くを抉られるように腰を動かされて、ずんずんと最奥を穿たれる。

「あぁっ、あ、はぁっ、あぁあぁっ……もう、また……っ」

「何度でも達けばいい」

汗ばんだ身体が重なり、枕を掴んでいた手を優しく取られる。指と指が絡められるだけで、胸が幸福感でいっぱいになる。

（こんなに、好きなのに……愛してくれない）

繋がれた手をきゅっと掴むと、握り返される。触れ合う手の温度が嬉しくて、泣きたくなってしまう。名前さえ呼んでくれなくとも、恋い焦がれる想いはちっともなくならない。

「はぁ……ん、あ、それ、好き……っ、好き」

好きと口に出したのは想いを伝えられない悔しさからだ。そうと気づかれないように、ベッドの中でくらい素直に愛を伝えてみたかった。

好きだと言えるのは、こうしているときだけだから。

「く……っ」

身体の中で彼のものがひときわ大きく膨れ上がった。彼も限界を感じているのか、短く息を吐きながら自分の快感を追うように腰を叩きつけてくる。

全身を揺さぶられるほど激しく突き上げられて、びくりと腰を震わせた瞬間、隘路の奥に生温かい熱が広がっていく。

「あっ、はぁ……はぁ」

最後の一滴まで出し切るように腰を揺らされると、隘路で白濁がかき混ぜられ、ぐちゅ、ぬちゅっと泡立った音を立てる。その音に煽られるように中途半端に昂ったままの身体が解放を訴える。

「あまりに良過ぎて、先に達してしまったな。君はまだ足りないだろう？」

仁はふたたびゆっくりとした抜き差しを始める。大量の精を吐き出した欲望はやや萎えていたけれど、何度か往復するだけで雄々しく勃ち上がっていく。

「仁さん、も……？」

「ん？」

「仁さんも、足りない、ですか？」

もっと貪るように自分に溺れてほしい。

心が手に入らないのならば身体だけでもいい。妊娠したら終わってしまう関係だとしても、こうしているときだけは、愛されているように感じられる。

彼の子を身籠れば、会えなくなっても耐えられるだろうか。

「足りないな。全然」

「じゃあ……もっとください。たくさん、抱いて」

彩香はそっと手を伸ばした。伸ばした手は先ほどと同じようにしっかりと繋がれた。セックスの最中に甘えて断られたことはないような気がする。

睦み合う最中にムードをなくすような真似をしたくないのかもしれない。女を抱くときの最低限かった。


の礼儀なのだろうか。

(私が作ったカレーは食べてくれないのにね)

律動が始まり、ふたたび彼の熱に溺れていく。

この夜は数え切れないほど抱かれて、そのまま気を失った彩香は、見送りに出ることさえ叶わなかった。

窓から差し込む太陽の眩しさで目が覚めた。室内はシンと静まりかえっていて、当然のことながら仁の姿はすでにない。気を失った彩香を置いて、ホテルに帰ったのだろう。

ベッドからのろのろと身体を起こすと、筋肉痛のような疲労感に襲われる。

(昨日は、何回抱かれたんだっけ……)

三度目を超えた辺りから記憶があやふやだ。

仁に抱かれることが嬉しくて、ひたすら「好き」と訴えていた記憶だけは残念ながらしっかりと残っているけれど。

ベッドから下りてキッチンへと向かう。ひどく喉が渇いていたし、空腹だった。仁と一緒に食べようと思い、夕食を摂っていなかったのだ。

ダイニングテーブルに並べた皿は昨夜と同じ状態で残されていた。もしかしたら食べてくれたかもしれないという期待は呆気なく散る。

「仁さん……ご飯、腐っちゃうよ……」

セックスでは、貪るように彩香を抱くくせに、食事一つ口にしてはくれないのかと拗ねた心地で、カレーライスをゴミ箱に捨てた。

すでに食欲は失せていた。

けれど、サラダまで捨てるのは忍びなく、いただきますと手を合わせる。腐ってはいなかったが、新鮮さがなくなり、葉物野菜はしなしなでまったく美味しくなかった。

「余計なことはしなくていい、か。たしかに契約外だもんね」

生活はべつにし、互いに干渉しない。そのルールはあらかじめこういう事態になるのを防ぐために考えてあったのかもしれない。契約妻に恋愛感情を持たれては困るということだろう。最初はそれに安心していたのに。

仁の優しさを勘違いして一線を越えてしまったのは自分だ。この想いを抱えたまま、妊娠するまで彼と肉体関係を持たなければならないことが、いたく辛く感じる。

下腹部をそっと撫でると、腹の奥がいやらしく疼く。中心にまだ仁の熱が残っているようだ。

あんな風に抱いておいて、抱き締めておいて、愛情など欠片もないなんてひどい男だ。優しさもなにもかも全部、子どもを作る計画のためなのか。

「一生、このままなのかな」

悔しさや悲しみが入り混じった感情に苛まれ、涙が頬を滑り落ちた。

今はまだ耐えられる。

たとえ愛していなくとも一ヶ月に三度、彩香に会いに来てくれるから。けれど、彩香が妊娠したらどうだろう。出産したあとは。

もう彩香自身に用はなくなる。父と子の関係は続くだろうが、必要もないのに彩香を抱きはしない。それどころかこの部屋にだってもう来ないかもしれない。

（きっと……すぐに忘れられちゃう）

仁にとって自分は都合のいい存在であったというだけ。金を払えば言うことを聞く、従順な駒であっただけだ。

テーブルに置かれた料理を素通りする仁に、愛される可能性が微塵もないことを突きつけられた。

「君を愛する気はない」と言われた気がした。

恋人を作るつもりはないらしいが、未来はわからない。いつか仁に好きな人ができる可能性だって十分に考えられる。

本当に愛する誰かと添い遂げたいと考える可能性もある。彼から離婚を突きつけられたとき、自分は耐えられるだろうか。

仁の隣に自分以外の女性が立つ。自分以外の女性が彼に抱かれる。そんな想像をするだけで、こんなにも胸が苦しくなるのに。

（やだ……そんなの、いやだ……）

別れを切り出されることに怯えながらこれから一生を過ごすのだと想像すると、逃げ出したい衝動に駆られる。苦しくてたまらなくなる。

解消する方法はある。

子どもを産んだあと、その日が来る前に自分から離婚を切り出せばいい。仁と顔を合わせなければ、この恋心も煙が風に紛れるように色をなくしていくだろう。

(でも、そうしたら……仁さんとの繋がりがなくなっちゃう……)

悩んでも悩んでも、彩香に答えをくれる人はいなかった。

第六章

ここ数日はなぜか体調が悪く、外に出るのも億劫で食事を適当に済ませてしまっていた。

三日連続でレトルトの粥を食べるのも飽きたため、彩香は仕方なく買い物に出かける。

（季節の変わり目だからかな？）

夏を感じるにはまだ肌寒い朝、彩香はカーディガンを羽織り外に出た。

マンション脇にある遊歩道では、地面に落ちた桜の花びらが風に舞っている。満開の時期はとうに過ぎ、若葉が芽吹いていた。

彩香は近くにあるスーパーで買い物を済ませて、雑貨を買いにドラッグストアへと寄る。そろそろ排卵検査薬がなくなるはずだ。買っておいた方がいいかもしれない。処方箋窓口で購入し、次の排卵日はいつ頃だろうかと考える。

（あれ、そういえば生理……来てない？）

仁と身体を重ねてから二週間が経つ。周期が狂っていなければ昨日生理が来るはずだった。

まだ遅れて一日だが、排卵日前後に何度もセックスをしているため、妊娠の可能性も十分に考えられる。

（もしかして、赤ちゃんできた？）

妊娠検査薬の棚の前に立ち、説明書きを読んだ。まだ妊娠が判明する時期ではないため、あと一週間ほどは待った方がいいようだ。

（どうしよう……買っておく？）

手に取り、説明書きを読んでいるふりをしてぼんやりとその場に佇む。

気持ちが逸る。もしかしたらお腹の中に彼の子どもを宿しているかもしれない。そう思うと、喜びと同時に切なさに襲われた。

（赤ちゃんができてたら、仁さんは、あの部屋に来てくれなくなる）

妊娠後は、彼の妻として公の場に立つこともしばらくないだろう。

仁は、あのパーティーで「子どもは何人いてもいい」と言っていたけれど、儀礼的なものだ。自分たちの仲の良さをアピールしただけに過ぎない。

彩香はため息をのみ込み、妊娠検査薬を棚に戻した。

一週間後、まだ生理が来ていなかったら考えよう。

重い身体を引きずるようにしてマンションに戻ると、エントランス前で誰かにぽんと肩を叩かれた。驚いて振り返ると、どこかで見た覚えのある男性が立っている。

「なんかふらついてるけど、大丈夫？」

大丈夫かと問いながらも、男の目は少しもこちらを案じる様子はなかった。冷ややかな目を向けられて思い出す。

「あなたは……仁さんの」

背後に立っていたのは、仁のいとこの小野垣新だ。

スーツ姿ではあったものの、パーティーのときとは違いネクタイは緩んでおり、ボタンもいくつか外され、だらしない。いとこだけあって顔の造形は仁と多少似ているのに、着こなしによってこうも印象が変わるものなのかと驚いた。もしかしたら、こちらが本来の新なのかもしれない。

「覚えていてくれたんだ。あ、でも自己紹介はまだだったな。仁のいとこの新。君に話があって待ってたんだけど、なんかさっきからふらついてない？」

手に持った荷物が重いから頭がふらつくのだと思っていたが、どうやら本格的に体調が悪くなってきたようだ。立ち止まると目眩が余計にひどくなった。

彩香は額を押さえながらマンション前にある植え込みの囲いに腰を下ろす。

「大丈夫？」

案じているとは思えない冷ややかな声色で聞かれる。

彩香はなんとか頷くも、黙ったまま顔を伏せた。新が自分に会いに来る用事は一つ。パーティーで紗栄子から言われたように、仁と別れろという話に違いなかった。

（ますます具合が悪くなりそう……）

もしかしたら貧血かもしれない。血の気がさっと引いていくような感覚がする。彩香は頭を押さえて深く息を吐いた。

「仁は、あんたが体調悪いって知ってんの？」

「あ、いえ……このくらいで、お仕事の邪魔をしたくないですし」

言わないでほしいと告げると、新は片眉をひょいと上げてふんと鼻を鳴らした。

「へぇ、ま、一緒に住んでなきゃわからないだろうけど。金だけ渡してここに住まわせておくなんて、相変わらず冷たい男だね」

新とその妻である紗栄子は、自分たちの関係が契約であることを知っているようだ。だがカマをかけているだけかもしれないため、夫婦であるように装うしかない。

「相変わらず？」

「やっぱりあんた、小野垣の家のこととかなにも聞いてないんだ？」

「そんなことは……」

どう答えればいいのだろう。聞いていないと言えば、ますますこの結婚が契約であることを疑われる可能性が高い。というか、仁がなぜ契約などと言い出したのか、この男なら知っているのだろうか。

聞いてみたい気持ちに駆られるが、新に隙を作るわけにいかない。彩香が黙っていると、にやりと口元を歪めた新が声を潜めて顔を近づけてくる。きつい香水の匂いが鼻をついて、ますます目眩がひどくなりそうだ。

「あんた一生飼い殺しにされるよ。あいつには人の情とかいっさいないから。父親に似たんだな」

「どういう、意味ですか？　仁さん、家のこと……っていうか、お義父様のことをあまり話したくないみたいで」

知らずに父親の話を出したとき、仁の機嫌がひどく悪くなったのを覚えている。なにかしら確執があるのはわかったが、彩香はそれを知らされていない。

（父親に似たってどういうことだろう）

新の言葉は皮肉めいていた。

あまりいい父親ではなさそうだ、という印象を抱いた。

（でも仁さんに、人の情がないとか……絶対あり得ない）

彼が真に冷たい人であったなら、彩香はこれほど好きにはなっていなかった。そもそも好意を抱くこともなかったかもしれない。

仁は、彩香が望めば離婚してくれると言っていた。もちろんもらった契約書にも記載がある。離婚後の生活が困らないようにも配慮してくれているのだ。

そんな人が彩香を飼い殺しにするなんて。

「契約しただけの妻に話すわけないよなぁ。いいぜ、教えてやるよ」

こちらをわざと煽るような口調だ。まったく伝わっていなかったが、心配するふりをしていたのは、彩香の警戒心を解くためだったのかもしれない。

「今さ、会長……って仁の父親な。その会長が体調崩して入院してるわけ。一回、呼吸止まっちゃってやばかったんだよ。それなのにあいつは一度だって見舞いに行かない。そういや、あんたとの結婚報告さえ竹田に頼んでたな」

「そうですか……」

仁の父親は入院していたのか。いつからだろう。彩香はそれすら知らない。

いったい父親と仁との間になにがあったのか。自分が聞いたとしても教えてくれるとは思えないが。

「実の親だぜ？　そんなあいつが誰かを本気で愛せるとは思えない。そのうち放り出されて捨てられるよ？　金ならなんとかしてやるから、さっさとあいつから逃げた方がいい」

紗栄子にも同じことを言われたと思い出す。

たしかに、仁に対して疑念はある。パーティーで仲睦まじい夫婦を演じていたように、彩香の前でも優しいふりをしてくれているのかもしれない、と。だが、そうだとしても、べつにいい。

（たとえ、心の中でなにを思っていたとしても……仁さんにひどく扱われたことなんて一度だってない）

彼に抱かれて、美奈子から言われた言葉の意味がようやくわかった。

――好きでもない男に抱かれるって、彩香が思うより簡単じゃないよ。ましてや妊娠なんて……好きでもない男の子を身籠るなんて……。

本当にその通りだ。好きでもない男に、仁以外の男に抱かれることを考えただけでおぞましい。

初めて会った日から、彩香は仁に対して拒絶反応がなかった。相手が仁でなければ、たとえ家のことがあったとしても早々に断っていただろう。

（あの人は……最初から優しかった。だから、信じられた）

初めてのとき、彼は確かめるように彩香の身体に触れてきた。嫌悪感はないか、無理をしていないかと。仁がどれほど彩香の身体を気遣ったセックスをしてくれたのか、今ならわかる。

利用されているのは承知しているし、契約に同意し彼を利用しているのは彩香だって同じこと。彼のおかげで宮田金属加工は救われた。

妊娠後の生活、離婚後の生活について契約書という形で残してくれた、という理由もあるが、身体だけの関係だとしても仁を信頼に値する男だと思っている。新や紗栄子よりもよほど。

もし、新が言ったことが本当だったとしても、そばにいたいと願ってしまう気持ちが恋なのだと、彩香はもう知っている。

「たとえ愛されなくとも、私は彼の妻です。夫を裏切るような真似は絶対にしません」

彩香はその場で立ち上がり、きっぱりと断ると踵《きびす》を返した。

だが、急に立ち上がったからか、足下が覚束なくなる。

胃からなにかが迫り上がってくる感覚がして、彩香は慌てて口元を手で押さえた。

目眩がいっそうひどくなり、ふらりと身体が揺れる。

「あ……」

自分の身体を支えていられず膝から崩れ落ちるように倒れて、肩や足に痛みが走った。周囲の音が聞こえなくなり、視界が真っ黒に染まっていく。


まぶたが開けられないほど頭が重い。ぐいぐい頭を押されているかのような痛みで目が覚めると、霞む視界に見知らぬ天井が映った。

(あれ、私……どうして)

たしかマンション前で新と話していたはずだ。その後どうしたのだろう。思い出そうとしても、思い出せない。

(ここ……病院、だよね？)

白い天井にクリーム色のカーテンが掛けられている。

彩香の腕には点滴の管が繋がれていた。

新が病院に運んでくれたのだろうか。周りをきょろきょろと見回していると、カーテンが開けられて、ここにいるはずのない人が中に入ってきた。

「起きたのか」

「仁、さん」

彩香は驚きに目を丸くする。

(あ、病院から連絡が……申し訳ないことしちゃったな)

夫である仁に病院から連絡がいくのは当然だ。仲睦まじい夫婦を演じているために、病院に来なければならなかったのだ。

「倒れて救急車で運ばれたんだ。気分はどうだ？」

「まだちょっと。あの、救急車は誰が呼んでくれたんでしょうか」

「マンションの住人だと聞いたが」

どうやら新ではなかったらしい。

「ありがとうございます。来て……くれたんですね」

「当然だろう」

「そういえば……あの」

新がマンションに来ていたことを報告しようかと思ったが、はたと我に返る。そんなことより今はまだ午前だ。いつもなら仕事の時間ではないか。

「ごめんなさいっ。お仕事中に」

「問題ない」

寝る暇もないくらい忙しくしている人が問題ないわけがないのに。彩香が気に病むと思って、そう言ってくれているのだろう。

頭痛はあるが、マンション前にいたときよりも体調はいい。

「あの、私は大丈夫ですので、仕事に戻ってください」

彩香がそう言うと、仁が眉を寄せて睨むように目を細めた。

(え、怒ってる？　どうして？)

迷惑をかけてしまったからだろうか。

それとも彩香の言葉が気に障ったのだろうか。

「ここ……個室、ですよね？　なら体裁を気にする必要はないので……お仕事の邪魔をしてしまって、すみませんでした」

彩香がそう言うと、二人の間に漂う空気がますます重くなった。

会いたい気持ちはあるが、仁の邪魔にだけはなりたくない。面倒だと、疎ましく思われたくなかった。入院して病院に来させるなんて。

「迷惑だったか？」

「そんなわけないです！」

仁が来てくれて嬉しかった。迷惑なわけがない。

ただ、迷惑をかけている自分が不甲斐ないだけで。

「夫として医師から説明を受けなければならなかった。妊娠の可能性もあると伝えたんだが、貧血だったようだ。生理が来ていたらしい。処置は看護師がしてくれた」

どうやら生理前の体調不良だったようだ。

環境が変わったストレスも知らないうちに溜まっていたのかもしれない。

仁も彩香と同じように妊娠の可能性を考えたのだろう。そうではないと聞き、どう思っただろう。

「妊娠してなくて、がっかりしましたよね……」

こんな皮肉めいた物言いをするつもりはなかった。口にしてから後悔する。

「なにを言っている？　俺は妊娠の可能性があると医師に伝えただけだ」

戸惑い交じりの言葉が返されて、さらに気持ちが落ち込んでいく。

どう返してほしかったのだろうか。子どもを望んでいるのだから、残念に違いないのに。

「ご迷惑をおかけして、申し訳ありません。もう仕事に戻ってください」

「そういうわけにはいかない。ここ数日、ろくに食事を摂っていないようだと聞いた。脱水症状まで起こしていたんだ。倒れるのも当然だと医者が言っていたぞ。なぜ食事をしなかった？」

「食欲がなかったんです。でもさすがにちゃんと食べなきゃって思って、買い出しに行ったところでした」

まったく食事をしなかったわけではない。食べられるときは食べていた。けれど、仁はなぜそんなことを聞いてくるのだろう。互いの生活に干渉しない、そう言ったのは仁ではないか。

（あぁ……妊娠するために、生活を乱すなとかそういうことかな……）

仁は、彩香自身を心配しているわけではない。

妊娠している可能性を考えた生活を、と度々言われていたじゃないか。

仁が考えているのは、彩香が無事に妊娠し子どもを出産できるかどうかだけ。自分の後継者となる子を欲しているだけだ。

気づいてしまうと、ひどく虚しい。子どもを産んでも、彼の目は彩香には向かない。出産後は母親という役目しか残らないだろう。

「妊娠しているかどうかわからなくとも、行動には気をつけろと言ったはずだ。マンションの住人がすぐに気づいてくれたから良かったものの、事故にでも遭っていたらどうするつもりだったんだ」

最初からわかっていた。けれど、彼の口から妊娠と聞く度に、彩香には子どもを産む母体としての価値しかないのだと突きつけられる。今は、それが辛くてたまらない。

「妊娠のことばっかり」

つい不満げな言葉を漏らしてしまう。具合の悪さのせいか、波立つ気持ちが抑えられない。心まで弱くなってしまっているようだ。彼と話していると、やり切れない切なさに泣きたくなる。

彼はなにも間違っていない。そういう契約だとわかっているのに。納得したはずなのに。

彩香はただ、心配してほしかった。大丈夫か、と優しく声をかけてほしかっただけだ。

「……そういう契約のはずだ」

「そうですね、そういう契約です」

目の奥がじんと熱くなる。悔しくて悲しい。自分の気持ちがまったく彼に伝わらないことが、辛くてたまらない。

彼から愛情が返される日など来ないとわかっていても、自分たちの関係は契約でしかないと告げられると、その度に傷ついてしまう。期待などしていないはずなのに。

「どうして泣くんだ」

仁が訝しむ表情で彩香を見つめる。

「わかりませんか？」

溢れる涙を手で拭うと、深いため息が漏れた。

「わかるはずがないだろう。契約がいやになったのか？」

「たしかに今は……契約なんかしなければ良かったと、思っています」

仁に愛してほしい。想いを返してほしい。その気持ちが止められない。契約などしていなければ。

彼を好きにならなければ。そう考えても彼から離れたいとは思わない。だから余計に辛い。

仁に触れられると、幸せなのに切なくなる。彼の訪れを待っている間、次はあるのかと怖くなる。仕事で忙しく来られないと聞けば、もう必要ないと判断されたのではと考えてしまう。

それに耐えられなくなったとき、自分が彼の前でどんな醜態を晒してしまうかと考えるだけで恐ろしい。

いずれ、彩香が不要になる日は来るだろう。出産したときか、彼に好きな人ができたときか。それがいつかはわからないが。

そのとき、泣いて縋りつかずにいられるか彩香には自信がない。そんな自分を見られたくないと思うのに、この苦しいほどの感情を知ってほしいとも思う。

「契約破棄は……」

「契約破棄なんてするつもりはありません」

彩香がきっぱりと告げると、仁はさらに戸惑いを露わにした。

「なに？」

そして仁は、苛立ったように髪をかき上げた。

彩香は、彼と契約関係であることがいやなだけ。仁に抱かれることも、仁が望む通りに妊娠することもいやなわけではない。

「ただ……私は」

「なんだ？　俺は、困っていることはないかと何度も聞いたはずだ。なにかあるなら言えばいい。できる限り君の望みに添うようにするから」

こんな風に優しくするのなら、愛してくれればいいのに。

そう言えたなら。

「あなたと、もっと話がしたかったんです」

「話？　どんな？」

この期に及んでまだ、諦めきれない自分に苦笑が漏れる。

好きだと言ってしまえばいい。そうすれば、この関係の継続が不可能だと仁も気づくだろう。

「あなたの家族のこと」

彩香が口に出すと、仁の纏う空気が張り詰めた。やはり、彩香には話したくないことだったのか。

そう思うも、彼は諦めたように息を吐き、彩香を真っ直ぐに見つめてくる。

「紗栄子さんか……パーティーのときだな。なにを聞いた？」

「紗栄子さんも、ですけど。倒れる前、新さんがマンションの前に来て、話を聞いたんです。お義父様が入院してるって。でも、仁さんはお見舞いにも行ってないって」

仁の眉間のしわがますます深まっていく。

やはり彼と父親の間にはなんらかの軋轢があるようだ。彩香が窺うように見つめていると、ふたたび深いため息が聞こえてくる。

「父とのことを君に話す必要があるのか？」

「必要は、ないかもしれませんけど……」

仁に拒絶される度に苦しさが増していく。この恋は決して叶わない。わかっているのに悔しいし、悲しい。悲しんでいる自分が哀れに思えてきて、気持ちがぐらぐらと揺さぶられる。

「なら」

「でも、私が知りたいんです！　契約だとしても、私たちは夫婦です……それなのに、私はお義父様の話を新さんから聞かされなければならないんですか？」

契約でしかなくとも、自分たちはれっきとした夫婦だ。

結婚は家と家の繋がりでもある。仁の親は自分にとっての親。彼の父親が入院しているのなら、無関係ではないはずだ。

「君の家族とは違う。聞いて気分のいい話じゃない」

「……どういうことですか？」

彩香が聞くと、仁が迷うように目を泳がせ、しばらくの間沈黙が落ちた。

そして観念したように口を開く。

「父親は仕事人間で、経営者としては優秀だったが、その裏で母を殴るようなクズだ。母は俺のために離婚できず、ずっと我慢し続けて心と体を壊した。今は別居しているが、そんな男に、契約とはいえ妻になった君を紹介したくなかった」

ぽつぽつと語られた内容にかなりの衝撃を覚え、言葉に詰まる。

（暴力……嘘）

まさか仁の父親がそんな人だったとは。地位があれば人格に優れていると決まっているわけでもないのに、まさかと信じがたい気持ちになる。

仁の目にはなんの感情も浮かんでいなかった。ただその目の奥には、消えない怒りのようなものが渦巻いている気がした。

彼の父親はＯＮＯＧＡＫＩの会長職にあると聞いた。仁は、どんな気持ちで暴力を振るう父親と接していたのだろうか。

そのときの彼の感情を想像しようとしても、まったくわからなかった。だから彼は、最初に『君の家族とは違う』と釘を刺したのだ。どうせ彩香にはわからないだろうと。

「俺の家族は母だけだ。体調が整えばいずれ君に紹介する予定でいた。結婚式前には、と。だが母は、俺の顔を見ると怯えるんだ。俺は父の若い頃にそっくりらしくてな。それで、なかなか紹介ができなかった」

仁の顔は、苦渋に満ちていた。実の母親に怯えられるだなんて、どれだけ辛いだろう。

それなのに、母親の話をするときは、彼の纏う空気が柔らかくなる。仁自身は気づいていなさそうだが、母親を大切に思っているのだと彩香にはわかった。

「お義父様は……あなたにも、暴力を？」

それこそ自分の子どもにそんなことをする親がいるだなんて信じたくない。

現実にはそういう親がいると知っていても、もし仁が幼い頃に暴力を受けていたらと想像するだけで、胸をかきむしりたくなる。

「いや」

仁が首を横に振った。そのことに胸を撫で下ろす。だが、母親が辛い目に遭っていたのを見ていたとしたら、彼の心の傷はいかほどだろう。

「君は、そんな話がしたかったのか？　で、これで納得したのか？」

訝しげに尋ねられる。たしかに家族の話をずっと聞きたいと思っていたが、そうではないのだ。

彩香は、仁への特別な感情から、すべてを知りたいと思ってしまっているだけで。

「そうじゃないんです……私は、毎日あなたと話がしたい。もっと仁さんを知りたいんです」

「なぜ？」

「妻だから、です」

妻としてそばにいたい。毎日、顔を見て話がしたい。

自分の望みが叶うとは思っていなかったが、意外にも仁はそれを了承した。

「わかった。なるべく君の希望に添うと言ったのは俺だ。どうすればいい？」

「ご飯……」

ぼそりと呟いた声は残念ながら彼には届かなかったらしい。眉間のしわが深くなり、怪訝そうな顔つきで見つめられる。

「なんだ？」

「ご飯……食べてくれなかったから、今度作ったときは食べてほしいです」

仁はますます戸惑ったような顔で彩香に視線を走らせる。

「契約で夫となった相手のことなど、君が気遣う必要はないんだ。互いの生活に干渉しないのは君も望むことだっただろう？」

「だから、食べてくれなかったんですか？　迷惑だったからじゃ……」

「迷惑だなんて思うわけがない！」

（迷惑じゃ……ない？）

はっきりと言い切られて戸惑う。もしかしたら彩香の早とちりだったのかもしれない。てっきり、私生活に干渉することは契約外だと苦言を呈されたものと思っていた。この人は、最初にした約束をずっと守ってくれていただけなのか。

（もしかして……さっき怒ってるように見えたのも、私を心配してくれただけ？）

生活に干渉するつもりはないが、まともに食事を摂っていないと医師から聞き、言わずにはいられなかった、とか。そう考えると、不機嫌そうな物言いにも納得できる。彩香が仁を心配して食事を作ったのと同じ理由ではないか。

「迷惑じゃないなら……食べてほしかったです。契約とか関係なく、顔色の悪い人を見ていて放っておけるわけないでしょう？　私は、あなたが心配だっただけなんです！　忙しくて顔色の悪い夫を気遣ってなにが悪いんですか。食べてくれなかったから、悲しかったんです！」

威勢良く言うと、ベッド脇にいる仁が顔を引き攣らせた。息が上がり、ふたたび目眩が起こる。

ふらりと身体を揺らすと大きな手に背中を支えられる。

「もしかして、泊まれと言ったのもか？」

彩香が頷くと、仁は目を大きく見開き、気まずそうに逸らした。

仁を心配しているとは思わなかった、ということだろうか。まさか少しも伝わっていなかったとは思わず、彩香の方が驚いた。

仁がなにを考えているのか知りたい。契約だと口にしながら、どうしてこんなにも彩香に寄り添ってくれるのか。自分は少しも彼の目に映らないのか。妻としてどこまでなら踏み込んで許されるのか。

「君は……」

沈黙を破ったのは仁だった。

すべてを見透かすような黒い瞳から目が離せない。

「はい」

「君は、俺が部屋にいて気詰まりじゃないのか？　好きで抱かれているわけじゃないだろう？」

「それ……は」

つい目を逸らしてしまう。

好きで抱かれているのだ、とは言えなかった。排卵日じゃなくても会いたい、抱かれたい、なんて本音はとても口に出せない。

「気詰まりじゃ、ありません。仁さんと一緒にいて、いやだと思ったことはないです」

羞恥に苛まれながらもそれだけ口に出すと、仁の目が細まり、真意を探るように見つめられた。

「本当です！」

「そうか……わかった。とりあえず明日、退院の手続きをして迎えに来る。今日はゆっくり休みなさい」

「ご迷惑おかけして、すみません」

「謝らなくていい。夫として当然だ。そういう契約だろう」

いつものように淡々と契約だと告げられたのに、不思議といやだとは思わなかった。

契約なのは変わっていなくとも、昨日とはなにかが違う。そんな気がした。

第七章

翌日。約束していた通り、仁が迎えに来てくれた。

竹田が来る可能性も考えていたから、つい驚きが顔に出てしまったのだろう。仁はどことなく拗ねているような口調で「昨日言っただろう」と呟いた。手の届かない遠い人、そんな印象を抱いていた仁を、昨日よりずっと身近に感じられる。

「荷物はこれだけか？」

「はい」

置いてあったバッグは当然のように仁が持った。支えるように腰に腕が回される。

「ありがとうございます。迎えも……」

嬉しかった。昨日の彩香の話を聞いて、歩み寄ろうとしてくれているのだと思うと。

「夫としての務めを果たしているだけだ」

「だとしても、嬉しいんです」

彩香がそう言うと、目を逸らされた。それが照れているようにも見えて、胸が温かくなる。

二人で並んで歩き、ナースステーションに挨拶をして病棟を出る。

「体調は良さそうだな。顔色もだいぶ良くなった」

「はい……環境が変わって、ストレスが溜まっていたのかもしれません」

本当の想いは打ち明けられなくとも、胸の内に溜まっていたものを吐き出してから驚くほど気が楽になった。生理による体調不良もあるだろうが、精神的なストレスが大きかったのだろう。

「君にとって、ここ最近の生活はストレスばかりだっただろうな」

病院の駐車場に停められた車に乗り込むと、運転席に座った仁が自嘲するような笑みを浮かべながら口を開いた。車のエンジン音を聞きながらも、運転席をちらりと覗き見る。肯定も否定もしにくく、話を変えることにした。

「あの、お仕事は大丈夫だったんですか？」

「竹田に任せてきた。問題があれば連絡が来る」

「じゃあ……今日はお休み？」

いつもよりも長く一緒にいられるかもしれない。嬉しさでつい声が弾んだ。

「そうだが、なにかしてほしいことがあるのか？」

前に視線を向けたまま聞かれる。してほしいこと、というのなら、ただ彼と一緒にいたい。

「俺は君をよく知らない。察しろと言うのは無理だぞ」

彼の言う通り、自分たちは婚姻関係があるのに互いをよく知らない。

「昨日、話したこと覚えてます？」

「あぁ」

「なら……ご飯作りますから、食べてくれませんか？」

窺うように聞くと、驚いたような眼差しを返される。どうやら不快に思っているわけではなさそうで、胸に安堵が広がった。

「病み上がりで作るのか？」

「簡単なものにはなっちゃいますけど」

「わかった。なら俺も一緒に作る」

「え……」

思わず、作れるのか、という顔をしてしまった。じろりと睨まれて、笑いそうになる。

「もともと一人暮らしだ。料理くらいするに決まってるだろう」

「ですよね。すみません」

謝りながらも、疑わしく思ってしまったのは、引っ越してきた当初キッチンにまったく使われた形跡がなかったからだ。

ホテルに引っ越す際、電化製品や家具以外のものを処分したとは聞いたが、普段から料理をしているとは思えなかったのだ。

「捨てちゃったの、もったいなかったですね」

「君が不快に感じるかと思ったんだ。本当は新しい部屋を用意するつもりだったんだが、君の実家に一番近い部屋があそこだったからな」

もともと仁が住んでいた部屋に引っ越したのも、彩香への配慮だったのだ。わざわざ自分がホテル暮らしをしてまで、彩香を気遣う必要なんてないのに。

「不快になんて思いません」

そう言い切ると、仁は照れているような、不機嫌なような、なんとも言えない顔でハンドルを切った。

マンションの部屋に戻った彩香は、早速、昼食の準備にとりかかった。

冷蔵庫を開けて食材を取り出していると、ワイシャツの腕を捲った仁が洗面所から戻ってきた。

もともと住んでいた部屋なのに、所在なさげにキッチンへ来る。

「なにを作るんだ？」

「どうしようかな。あ、昨日買った食材、冷蔵庫に入れておいてくれたんですね」

「あぁ、竹田に頼んでおいた」

肉はチルドに。野菜は野菜室にきちんとしまってある。竹田は、秘書だけでなく主夫としても有能なのかもしれない。

倒れたときに卵は割れてしまったのだろう。冷蔵庫には無事だった数個の卵が入れられていた。

「仁さん、お肉とお魚どっちが好きですか？」

「べつにどちらでも」

「どっちでもいい、なんでもいいが一番困るんですよ？」

口に出してから馴れ馴れし過ぎたかもしれないと心配になった。冷蔵庫を開けたまま振り返ると、仁が目を瞬かせてなにかを思い出したように柔らかい表情をしていた。

「どうかしましたか？」

「いや……昔、母に同じことを言われたなと思い出した」

「そう、でしたか」

「俺は、どちらかと言えば、肉の方が好きだ」

好きだ、という言葉に胸がおかしな音を立てる。

「あ、はい……お肉ですね」

肉の話だからと自分を落ち着かせて、チルド室から豚肉を取った。キャベツとピーマンもある。回鍋肉ならすぐできそうだ。

あとはタマネギと豆腐で味噌汁を作るくらいならすぐできるが、仁には物足りないかもしれない。厚揚げのベーコン巻きでも作ろうかと、材料を取り出し抱えていくと、横から伸びてきた手にひょいひょいと取られてしまう。

「キャベツが落ちる」

「あ、すみません」

キッチンカウンターに材料が置かれて、準備を始めた。

「なにをすればいい？」

「じゃあ、私が材料を切っていくので豚肉を炒めてもらえますか？」

豚の小間切れ肉に下味をつける。フライパンと菜箸と一緒に手渡すと、彼はかなり手際よく調理を始める。フライパンを持つ手つきも危なげない。

（本当に、料理するんだ）

軽々と重いフライパンを振る彼を、ついうっとりと見つめてしまいそうになる。

慌ててざくざくとキャベツを切っていき、肉にほどよく火が通ったタイミングで投入した。合わせ調味料を作り、さっと火が通るまで炒めて完成だ。

食器棚から皿を出して置いておくと、仁がそれに盛りつける。続けて、厚揚げにチーズを挟み、ベーコンを巻き、仁に手渡した。仁は、フライパンに薄く油を引くと、ベーコンがこんがりするまで焼いていく。

「すごい。手慣れてますね」

感心したように言うと、仁の口元がわずかに緩んだ。もしかして喜んでいるのだろうか。

「だから言っただろう？」

契約云々はべつにして、彩香はずっとこんな風にありふれた日常を仁と過ごしたかった。セックスだけでなく、彼をもっと知りたかった。他愛ないやりとりをしたかった。だから今、こうしていられるのが嬉しい。

「ふふ、そうですね」

つい笑ってしまうと、ベーコン巻きを炒めていた仁の手がぴたりと止まる。バカにしたと思われたのかもしれない。もしかしたら気分を害してしまっただろうか。

だが仁は、怒っているというより戸惑いを露わにした表情をしていた。

「どうか、しました？」

「いや……なんでもない」

「なんでもないって言われると、大したことじゃなくても、余計に気になります」

遠慮していては彼との距離は縮まらない。

踏み込んで拒絶されるのは今でも怖い。けれど、聞けば理由をきちんと説明してくれる。となると、その壁を壊したくなるのも当然で。

「……君は、俺と一緒にいて楽しいのか？」

「こうして一緒に料理をするのは楽しいですよ」

彩香が首を傾げると、仁はさらに目を見開いた。

「そうか」

どうしてそんなに驚くのだろう。

聞いてみようかと口を開きかけた瞬間、焦げくさい匂いが鼻に届く。

「仁さんっ！　ベーコン焦げてます！」

「あ……」

気づいた仁が厚揚げをひっくり返すと、一面真っ黒になってしまっていた。だが、ベーコンに包まれた厚揚げは無事なようだ。

「それは、ベーコンを外して食べましょうか」

「あぁ」

もしかして落ち込んでいるのだろうか。ベーコンを焦がして凹むなんて、なんだか可愛い。毎日こうして一緒にいられれば、彼のいろいろな顔を見ることができるのに。

ダイニングテーブルに料理を並べて、向かい合わせに座った。米を炊いている時間がなかったので、冷凍しておいたものを電子レンジで温めた。

「いただきます」

彩香が手を合わせると、仁も同じように「いただきます」と手を合わせる。

（仁さんと一緒にご飯を食べるのも、初めて）

セックスは何度もしているのに、食事をするのが初めてだなんて。自分たちはずいぶんと歪な関係だと改めて思う。

一人だと味気ない食事も、仁と二人なら楽しい。それに、いつもよりも美味しく感じるのだから不思議だ。食事中はあまり喋らないタイプだと知ることもできた。箸を動かす音と食器の音だけがリビングダイニングに響く。

仁は十分も経たずに食べ終え、箸を置いた。

視線を感じて顔を上げると、仁がためらいがちに口を開く。

「こんなことをしても、君にメリットはないだろう？」

「メリット、デメリットじゃないですよ。ただ、仁さんがホテルで暮らしてるって聞いて、ずっと心苦しかったんです。私が追い出したみたいじゃないですか」

「今はホテル暮らしだが、いずれは引っ越すつもりでいた」

「ここに、じゃないですよね？」

「当たり前だろう」

そんな冷たい物言いも、裏を返せば、契約で別々に暮らすと決まっているからだ、という意味が含まれている気がして、苦笑が漏れた。

「多くの夫婦は、一緒に暮らしてますよ？」

「俺にここに住めと？」

「いやですか？」

そう尋ねると、彼は困惑した表情のまま、彩香の真意を探るような目でこちらを見た。なるべく彩香の希望に添う、そう言った仁はどう返してくるだろう。

「君がそうしたいのか？」

「はい、そうしたいです」

「なぜ？」

あなたが好きだから。心の中だけで告げる。

「私が仁さんのことあまりにも知らないせいで、新さんや紗栄子さんはこの結婚が契約だって疑ってます。そう確信してるって言ってもいいくらい。一緒に暮らしていれば話もできるし、情報を共有できるでしょう？　不仲の噂を立てられることは仁さんも本意ではないはずです」

「なにを言われた？　父の話だけじゃなかったのか？」

「お金なら工面するから、あなたから逃げろって言われました。前のパーティーでも、紗栄子さんに同じことを言われたんです」

「そうか……」

向かいから、重苦しいため息が聞こえる。

「君にとっては、そっちの方が良かったんじゃないか？　俺に抱かれるより逃げる方がよほど楽だろう？」

仁の言葉に息をのむ。

紗栄子に提案されたとき、一度は考えた。けれど。

「たしかに……紗栄子さんから、実家への融資は自分が代わりに継続すると言われたとき、迷いました。契約相手が彼女に変われば妊娠の必要はないですし、その方がいいかもしれないとも思いました。子どもを産んだら、親としての責任が生じます。それこそその子が大人になるまで、何年もあなたとの契約に縛られる」

「そうだ。ＯＮＯＧＡＫＩがどうなろうと君には関係がないはずだ。俺との契約を続けるよりも、妊娠する前に紗栄子の話に乗った方が、ずっと君の負担は少ない。どうしてそうしなかった？」

良心が咎めたとしても、仁との関係を心底嫌悪していたならば、迷わずそれを選択したはずだ。

そうしなかったのは、彼が好きだから。彼を信じていたいから。

「新さんや紗栄子さんを信じられなかったのもありますが……それより、うちを助けてくれたあなたの味方でいたいって思っちゃったんです。いつも、優しくしてくれましたから」

彼を好きだと気づく前から、信頼はあった。

彼はまるでスーパーマンのように、あっという間に宮田金属加工を救ってくれた。彼の何気なく発した言葉で彩香がどれだけ救われたか。

「それに……君が頭に描いていた理想の会社を俺が作ってやる、あなたはそう言ってくれた。それがどれだけ嬉しかったか、わかりますか？」

何件銀行を回っても、追加融資を断られた。

必要のない会社として烙印を押されているような気分になったものだ。

仁は、宮田金属加工をなくしてしまうのはもったいないと言ってくれた。信用するには、それだけで十分だった。

恋愛をするつもりがないと言った彼に、同じだけの気持ちを望むのは難しいだろう。だから、愛情を返されなくても、ただそばにいられるだけでいい。仁を好きな気持ちは変わらない。彩香が柔らかく微笑むと、仁の目に焦りが滲む。彩香の気持ちがわからなくて困惑しているのかもしれない。

「優しい男は……契約なんて持ち出さないだろう」

「だとしても、あなたに救われたのは事実です」

「そうか」

彼はそう言って、困ったような顔でテーブルに視線を落とした。

「新がまた来たら教えてくれ。ＯＮＯＧＡＫＩを手に入れられず焦っているだけだが……狙いやすいのは俺より君だからな」

「それは……ちゃんと気をつけます。でも今度から、私にもいろいろ教えてほしいです。ご両親のことや、あなたがなにを考えているかも。話せる範囲でいいですから」

「わかったから君はちょっと休め。本当はまだ調子が悪いんだろう？」

「でも……私が寝たら、仁さん、帰っちゃうじゃないですか」

いくらか調子が良くなったとは言え、万全とは言いがたい。まだ目眩が多少するし、生理痛もあり身体はだるい。

それより、仁と過ごすこの時間を大切にしたかった。きっと自分が休むと言えば、彼は帰ってしまう。一緒に暮らしたいという彩香の希望に対して返事はもらっていない。

「本気で、俺と一緒に暮らしたいのか？」

「本気に決まってます」

真っ直ぐに仁を見つめると、彼はたじろぐように嘆息した。

「わかった。ホテルに置いてある荷物を取りにいかなければならないが、またすぐに戻ってくる。片付けもしておくから、君は早く横になりなさい」

「本当ですかっ⁉」

彩香が嬉しそうに笑うのを、仁は不可解そうな顔をして眺めていた。

自室で部屋着に着替えてリビングダイニングに戻ると、シンクに置かれていた食器がすべて綺麗に片付けられていた。

テーブルを拭いている仁に顎をしゃくられ、早く寝室にと促された。もう少し話していたかったのに。後ろ髪を引かれる思いで寝室に行きベッドに横になった。

ベッドに横になると、やはりまだ体調が思わしくなかったのか、眠気はすぐにやって来た。

寝室のドアが開けられて、仁の手が額に置かれる。ただ熱はないかチェックしているだけでも、触れられると嬉しい。

「仁さん、寝るとき、手……繋いでもいいですか？」

心が弱くなっていたのかもしれない。こんな風に甘えてしまうなんて。断られることを覚悟で言ったのに、額に当てられていた仁の手が彩香の手のひらに重ねられた。

「これでいいか？　ほかにしてほしいことは？」

優しさに触れる度、彼への想いが溢れそうになる。

日ごと恋情が募り、どうしようもないくらい気持ちが抑えられない。

彩香は目を瞑ったまま首を緩く振った。

「嬉しい……」

すると、頬に触れられて、そっと撫でられる。情欲を感じさせない触れ合いは、彩香の胸をずいぶんと満たしてくれた。

深い呼吸を繰り返し、夢うつつの状態にいると、唇になにかが触れた感触があった。

なんだろうと考えている間に、意識は深い眠りへと落ちていく。

＊＊＊

仁と一緒に暮らし始めて一週間。

自分が望んだ通り、彼は荷物を部屋に運び、この部屋で生活してくれている。

彩香はトイレにこもり排卵検査薬を握りしめた。くっきりと陽性反応が出ているため、おそらく明日が排卵日だろう。

(今日……するんだ)

待ちわびていた自分が恥ずかしい。

一緒に暮らしてはいるが、普段、彼はゲストルームを使用している。別々に休むことを当然としている仁に「一緒に寝たい」とは言えなかった。

(だって……断られたら、痛過ぎるでしょ)

仁は、今日から三日間だけ彩香を抱く。自分がどれだけこの日を待っていたかと考えて、トイレから立ち上がることもできずに身悶えた。

誰が見ているわけでもないのに決まりの悪い思いでトイレから出る。仁にいつものようにメールを送った。

けれど、しばらく待っていても彼からの返信はなかった。彩香のメールにはいつもすぐに返信をくれていたのに。

遅くなるという連絡もなかったため、彩香はいつものように夕飯の準備をして彼の帰りを待った。

排卵日だと連絡すると仁は十八時から十九時に来ることが多かったが、その日彼が帰ってきたのは二十一時を過ぎてからだ。

「おかえりなさい。ご飯食べましたか?」

「ただいま。食べてない」

帰ってきた仁を出迎える。

ぎこちないながらも、毎日、このようなやりとりができるようになった。彩香に乞われて仕方なくだとしても、少しの変化が嬉しい。

「じゃあ用意しますね。お風呂先に入りますか？」

「いや……着替えてくる」

仁の背中を見送り、作っておいた料理を温め直した。

スーツから部屋着に着替えた仁がリビングへ戻ってくる。彼が食べている間、前に座って話をするのが彩香の日課となっていた。

そういえば結局、排卵日だというメールに返信はなかった。返せない日もあるだろうとは思うが、今まで一度もそういうことはなかったため気にかかった。

「あの……今日メール送ったの……見ました？」

彩香が尋ねると、箸を手にしながらも仁がしっかりと頷いた。口にある食べ物を飲み込んで、グラスを傾けてから口を開く。

「あぁ。でも、もういいんだ」

「もう、いい？」

一瞬、なにがもういいのかまったく理解できなかった。セックスのことだと気づいたのは、気まずそうな仁の表情を見てからだ。

（もういいって……妊娠する必要がなくなったってこと？　契約は終わりにするってこと？）

言葉の意味に気づき、ざっと血の気が引くほどのショックを受ける。

自分は彼に捨てられるのだろうか。

仁が不要だと言えば、呆気なく終わる。そんな関係なのはわかっていた。けれど、最近はうまくいっていると思っていたのに。

（私が、わがままばかり言ったから？　それとも、契約自体必要なくなった？）

無理をさせていたのだろうか。

自分の作った料理を食べてほしい、一緒に暮らしたい、なんて。

彼の優しさにつけ込んでいたからか。

（でも……）

彩香の作った食事を食べてくれなかったのは、契約を守ってくれていただけだった。彩香が好意を示したり、救われたと礼を言ったりすると困った顔をする。物言いは淡々としているし、言葉が足りなくてなにを考えているかも全然わからない。けれど。

彩香に触れる手はいつだって優しかった。彩香が甘えれば、いつだって応えてくれた。

その証拠に彼は今、彩香が望んだ通りに生活を共にしてくれる。彼は常に彩香の考えを尊重してくれていたではないか。

「私のこと、いらなくなった……わけじゃないですよね？」

おそるおそる顔を上げて尋ねる。なにか理由があるはずだと信じていても、もしそうだと言われたらと想像して泣きそうになった。

滲んだ涙を手の甲でゴシゴシと擦った。すると、なぜか椅子を倒さんばかりの勢いで立ち上がった仁に腕を掴まれる。

「いらなくなるわけがないだろう！　なぜ、泣いている？」

ならばどうして、もういいだなんて言うのか。

彩香が泣く理由がまったく理解できないのか、困惑を露わに聞かれる。彼は彩香の恋心など知る由もないのだ。

「あなたが、もういいなんて、言うからじゃないですかっ」

感情が昂り、涙が堰を切って溢れ出した。

好きだと伝えていないのだから仕方がないとわかっていても、もどかしい。こんなにも愛しているのに、ちっとも伝わらない。

恋愛をするつもりも、家庭を持つ気もない。そう言った彼を、困らせたくなかった。

けれど時折、好きなのだと叫びたくなる。どうしてわかってくれないのかと。

この人は、一緒に過ごすうちに情が湧く可能性を少しも考えないのだろうか。嫌いな相手と一緒に暮らしたいと言うはずがない。食事なんて用意するわけがないのに。

涙は収まるところを知らず、テーブルを濡らしていく。ティッシュで顔を拭われ、掴んでいた手を慌てたように離される。

「触って、悪かった」

「どうして……そんな風に言うんですか……」

「君は、契約なんてしなければ良かったと言ったじゃないか。俺に抱かれるのがいやになったからだろう？　君に無理をさせていた自覚はある……契約とはいえ、好きでもない男に抱かれる君が、どれだけ苦痛を感じているか、考えてはいたのに……」

彼が苦痛に耐えるような顔をする。

仁に抱かれることはちっともいやじゃない。好きだから、触れてほしかったのに。

「だから、もういいなんて言うんですか？　それで、ほかの人を妻にするんですか？　仁さんは、私じゃなくてもいいの……？」

「違うっ！　もういいと言ったのは、君がその気になるまではしなくていいという意味だ！」

「え……」

その気になるまでは——？

自分に都合のいいように解釈してしまいそうだ。まるで、彩香がその気になるまで待つ、と言ってくれているような。

彩香は驚きに満ちた表情で仁を見つめた。やはり仁は気まずそうな表情をしていて、なにを考えているかまるでわからない。

「契約しなければ良かったなんて言われて、無理矢理セックスできるわけがない。それに、契約だとしても誰でもいいわけじゃない。俺は……君を抱きたい」

「そんなに、優しくしたらだめです……つけ上がっちゃいます」

仁はテーブルを回り、彩香の前に立った。

そして今度は腕ではなく手を取られ、立たされる。掴まれた指先をきゅっと握ると握り返された。

たったそれだけのことで、彩香の心は歓喜に沸いてしまう。

「君がつけ上がったことなんてないだろう。むしろ、いろいろと我慢し過ぎだ。泣くくらいなら、どうしてほしいのかを言ってくれ」

「仁さんは、言葉が足りなさ過ぎなんです。なにを考えてるか、わかりません。セックスしてるときは、恥ずかしいことばっかりたくさん言うくせに」

はしたないとわかっていながら口に出す。口にしたあとの恥ずかしさは思っていた以上で、彩香は彼を見ていられず胸元に顔を押しつけた。

なぜか、頭上からげほっと大きく咳き込む音がして、そっと仁の顔を窺うと、なぜか耳まで真っ赤にした男がそこにいた。そして顔を見られまいとするように抱き締められる。

「そういうことを言うか。抱きたいと言ってる男に。誘ってると勘違いされるぞ」

「まさか……照れてますか？」

自分と同じだろうか、と。

失礼だとわかっていながら、胸元に顔を埋めて聞くと、ばつが悪そうな声で囁かれる。

「……俺に感情がないとでも思ってるのか？」

「思って、ません」

こんなにも優しいこの人に感情がないだなんて思うはずがない。

緩く首を振ると、嘆息と共に言葉が返された。

「じゃあ、誘ってるのか？」

彩香は意を決して、小さく頷いた。

「誘ってます。あなたに抱かれるのをいやだと思ったことはないです。初めてのときも、仁さんはずっと優しかったから」

彼に抱きついたまま、背中に腕を回した。

強く抱き締め返されると、不思議なほど胸が満たされる。こうしているだけでいい。抱き締められるだけで、ささくれた気持ちが落ち着くのだから、簡単な女だ。

仁は、無言のまま彩香の身体を抱き上げて、寝室のドアをやや乱暴に開けた。その反動で、ばたんと大きな音を立ててドアが閉まり、ベッドに下ろされた瞬間、噛みつくように口づけられる。

「ふ……っ、んんっ」

熱い舌が唇の隙間をこじ開けるようにして入ってきた。

あぁ、キスをしているのだと感慨深くなる前に、口腔内をかき混ぜる舌に翻弄される。唾液を啜られ、口蓋を舐め回されて、呆気なく全身が昂ってしまう。

「ど、して……キス」

「だめか？」

だめじゃないと首を振る。

「嬉しい。キス、してほしかったんです」

彩香がそう言うと、眩しいものでも見るような顔をした仁が、思いっきり眉根を寄せる。もう一度唇が塞がれて、夢見心地でうっとりと目を瞑った。

「彩香、キスが、好きか？」

甘い声の響きに酔いしれる。

（二人きりで、初めて呼んでくれた）

キスをしてほしい。名前を呼んでほしいとどれだけ望んでいただろう。

この人は知らないのかもしれない。彩香、と名前を呼ばれるだけで、泣きたくなるほどの愛しさが募るのだと。幸せを感じるのだと。

ゆっくりと唇を割り、歯列をなぞられる。ぬるついた舌の動きをありありと感じて、背中からぞくぞくとした痺れが駆け抜けてくる。

「ふ……っ、ぁ……ん、好き……キス、して……もっと」

キスの甘さに酔ってしまいそうだ。

これが初めてだとは思えないほど彼とのキスが気持ち良くて、背中に回した腕に力が入る。快感を逃すように仁の背中に縋りつくと、ますます舌の動きが激しくなった。

「ん、んんっ」

じっとしていられない。膝を立てたり、伸ばしたりしながらシーツを蹴ってしまう。角度を変えながら、舌で口腔内をかき混ぜられて、静かな部屋中にちゅくちゅくといやらしい音が響く。

「はぁ……っ」

「舌を出して」

引っ込めていた舌を絡め取られて、先端を舐めしゃぶられた。

「ん、ふぉ、う？」

こう、と聞いたつもりだったが、開けっぱなしの口から漏れたのは意味不明な言葉の羅列。

舌の周りをぬるぬると舐め回されると、口の中に唾液が溢れてくる。口の端からこぼれ落ちそうになる唾液を啜られて、じゅっと卑猥な音が響く。

「はぁ……んっ、あ」

彼の舌の動きに合わせて、気づくと自ら舌を絡ませていた。吸ったり、舐めたり、擦ったり。舌を擦り合わせているだけの行為がこれほど気持ちいいなんて、思ってもみなかった。

「もっとほしい？」

気づくと腰を浮き上がらせ、仁の身体に擦りつけるようにして動かしてしまう。早く裸で抱きあいたい。彼の熱を直に感じたくなる。

彩香の身体の状態をわかっているだろうに、仁は執拗にキスばかりを繰り返す。彩香もまた、今までの分をめいっぱい味わうように彼の唇に溺れた。

「ん……好き……もっと」

あなたが好き、その想いが唇から伝わればいいのに。

甘えるように舌を突き出し絡ませる。貪るように口づけられて、頭の奥が痺れる。もう、彼のことしか考えられない。

「あぁ、俺も……好きだ」

彼から与えられる「好き」という甘い言葉の響きに満たされる。

(抱きたいって言ってくれた。今は、それだけでいい)

契約相手だから、優しくしてくれるわけじゃない。恋愛感情かどうかは判断がつかなくとも、仁が彩香を大事に思ってくれているのはたしかだから。

この先もずっと、そばにいられるだけでいいのだ。

「好き……して、いっぱい、触って」

やや乱暴な手つきで乳房を揉みしだかれると、薄手の部屋着がつんと持ち上がるほど硬く乳首が勃ち上がってしまう。生地ごと捏ねくり回されて、もどかしさに襲われる。直接触ってほしい。

「はっ、ん……そこ、もっと」

彩香は息を荒くしながら、胸を手に押しつけるように背中を浮き上がらせた。

「直接弄られたい？」

「はい……」

頬を染めながらもしっかりと頷く。

誘うように舌を出すと、彼もまた舌を突き出し、遊ぶように先端だけを絡ませる。ぬるり、ぬるりと舌の根元まで舐め回されて、耐えきれず荒く息を吐くと口腔内を貪られた。

「んん……むっ」

キスの合間に服が剥ぎ取られていく。ボタンが弾け飛びそうな勢いで胸元を開けられた。彼にしては性急な手つきだ。

　ワンピースタイプの部屋着は、前ボタンがほとんど外されて腹部まで丸見え。スカート部分は太ももの付け根まで捲れ上がってしまっている。

　肩で息をしながらもどかしさに耐えていると、部屋着を頭からすっぽりと引き抜かれた。するるとショーツを下ろされ、あっという間に全裸になる。

　身体を起こされ、今度は仁がベッドに仰向けになった。

「仁、さん？」

「俺の顔を跨いで、ベッドに掴まれ」

「え、え？」

　聞き間違いではないかと困惑していると、仁は寝転んだまま彩香の太ももを簡単に持ち上げて自分の顔を跨がせる。もう何度も見られているとはいえ、仁の顔に座るような体勢を取らされて平静でいられるはずもない。

「や……だ、恥ずかしいです」

「今日は、君をたくさん達かせてあげたい」

　珍しく懇願するような目で見つめられて、否と言えるはずもなかった。

「でも」

「もう何度も見ている。恥ずかしいなら目を瞑っていればいい」

　やや強引に顔の上に座らされて、慌てて腰を浮き上がらせる。が、太ももをがっしりと掴まれてしまい、仁の鼻先が恥毛に埋まった。

すんすんと匂いを嗅がれているようで恥ずかしくてたまらない。

「待って……そこされたら、気持ち良くて……ために、なっちゃうんです」

「なればいい」

仁は、閉じた陰唇に舌を這わせて、上下に動かした。浮き上がりそうになる度にぐっと引き寄せられて、蜜穴ごと舐めしゃぶられる。

「あぁぁっ、あ、んんっ、待って……すぐ、きちゃうから」

どうしようもなく気持ち良くて、おかしくなりそうだ。彩香は背中を仰け反らせて感じ入った声を上げた。恥ずかしいのにもっとしてほしくなる。

腰をくねらせると、身体の動きに合わせて胸がふるりふるりと揺れる。真下から熱のこもった目で見つめられ羞恥に堪えない。目を瞑り恥ずかしさを忘れようと努める。

「たくさん出して。全部、飲んでやるから」

仁の低く色っぽい声が頭に響く。

目を閉じていると、舌の動きをよりリアルに感じてしまう。

「ふっ、あ、はぁ……ん、あぁぁっ」

くちゅ、ぬちゅっと愛液の泡立つ音が立つ。

陰唇が開いてくると、器用に舌先で包皮を捲り上げ、ぴんと尖った淫芽を捉えられる。

「あぁぁっ、はっ……待って、そこはっ」

舌先でくりくりと花芽を捏ねられて、舐め回された。彼の顔に体重をかけまいと気をつけているのに、全身から力が抜けて腰が砕けてしまいそうだ。

恥部で唇を塞がれているため喋れないのか、仁が「いいから」とでも言うように、彩香の腰をさらに引き寄せた。体勢を保っていられず、完全に仁の顔の上に座ってしまう。体勢を立て直そうと思っても、ちゅうっと卑猥な音が立つほどに強く花芽を啜られると、意識が遠退きそうなほど気持ち良くてなにも考えられなくなる。

「ん、あぁぁっ」

彩香は、身体を支えきれずに、目の前にあるヘッドボードに手を突いた。背中を波打たせながら甲高い声を上げる。すると、外側から伸びてきた仁の手に乳房を鷲掴みにされる。

「あ、あぁ……一緒、しちゃ……も、う」

赤く腫れ上がった芽の上を舌がぬるぬると蠢く。同時に両方の手で乳首を捏ねられると、腰が甘く痺れておかしくなりそうだ。仁を気遣うことなどもはやできず、必死にヘッドボードに掴まりながら逼迫した声を上げ続けた。

「おっぱい、だめ……くにくに、しないで」

乳首をきゅっと摘ままれて両方の指先で引っ張り上げられると、目の奥が熱くなり、泣きたくないのに涙がこぼれた。身体の揺れに合わせて揺れる乳房がひどく卑猥に思えて、ますますいたたまれなくなる。

指先で真っ赤に腫れた乳嘴を爪弾かれ、舌先で花芽を捏ねられる。とろとろととめどなく愛液が溢れ、彼の口元をぐっしょりと濡らしてしまう。

「はぁ、あ、んっ……気持ち、い……そこ、ぬるぬる、しゅるの、好き」

何度もそうされているうちに、腰から湧き上がる快感が脳天を突き抜け、本能のままに喘いでしまう。自分がなにを口走っているのかわからない。

舌の動きに合わせて、くちゅ、ぬちゅっと淫音が響く。彼の口に収まりきらなかった愛液が太ももを伝い、シーツに吸い込まれていく。

(舌が……ぬるぬるって動くの、気持ちいい)

こんな淫らな体勢で舐められているなんて信じがたいのに、気持ち良くて頭がおかしくなりそうだ。もっとしてほしくて、自分からねだるように腰を揺すってしまう。

「も……達く……達っちゃう……っ」

溢れる愛液をすべて舐め取られて、ぬめる舌の上で花芽を転がされる。大きく膨れ上がった実は愛液と仁の唾液でべとべとだ。もはや羞恥心はなく、達することしか考えられない。

びくびくと腰を震わせながら、彼の舌に押しつけるように腰を振る。くちゅ、ぐちゅっと響く水音が大きくなり、彩香の口から漏れるよがり声が切迫したものへと変わっていく。

「はぁ、あ、あぁ、ん……あぁあぁっ！」

ちゅうっとひときわ強く淫芽を吸われた瞬間、頭の奥でなにかが弾けた。指の腹で転がされていた乳首をつままれ、引っ張り上げられる。一気に高みへと昇らされ、全身が硬く強張った。

「ひ、あぁぁっ！」

彩香はヘッドボードに手をついたまま、背中を弓なりにしならせびくびくと腰を震わせた。大量の愛液が溢れて、下肢がぐっしょりと濡れていく。

「はぁ……はぁ……仁、さん……っ」

肩で息をしながら全身を弛緩させる。もう愛撫はいいから挿れてほしい。そうねだったつもりだった。彼はいつも彩香を一度絶頂に導いてから昂りを挿入する。

その方が負担がないだろうから、と初めてのときからそうしてくれていた。だから今日もそうなのだろうと思っていたのに。

「やぁ……待って、なんで……っ」

彼はあろうことか、硬く腫れ上がった淫芽をふたたび舌先でちょんちょんと突き、舐めてくる。達して鋭敏になった身体が狂おしいほどの性感に襲われる。

「ひぁっ、んん」

彩香は思わず、びくりと腰を震わせて仁の口から腰を上げた。だがすぐに引き寄せられて、唇と舌で愛撫される。

「彩香……もう一度だ」

今日はどうして彩香の名前ばかり呼ぶのか。

こんなときばかりずるい。今までセックスの最中でさえ、名前を呼んだことなどなかったのに。今日に限ってそんな甘い言葉ばかりかけてくるのは、彩香が泣いてしまったからだろうか。

「舐めると可愛い反応をする。こうされるのが好き？」

可愛い、という言葉に反応してしまう自分が悔しくて、緩んでしまいそうになる口元を噛みしめた。

「わ、わかんな……っ、あっ」

仁は舌を突き出し、見せつけるように花芽を舐め回す。真下にいる仁と目が合うと、口元は見えていないのにかすかに彼が笑ったような気がした。嘘つけ、と言うように、さらに激しく舌を上下に動かされる。れろれろと陰核をしゃぶられて、腰がびくんと跳ね上がる。

「あぁぁっ、好き、好き、だから……っ、もう」

彩香は啜り泣くような声で懇願する。

彼に触れられたら、嬉しいに決まっている。心も身体もいつだって仁を欲しているのだから。

ただ、一方的に気持ち良くされるのはいやだった。仁も一緒に気持ち良くなってほしい。

自分を抱いているときだけは、冷ややかな瞳の中に劣情の炎が宿る。嘘やまやかしではない、剥き出しの本能を受け止められる。

優しく髪を撫でられるだけで、彼の愛で満たされていくような心地になる。その瞬間がなによりも好きだった。

「イジワル、しないで……挿れて……っ」

仁に愛されたい。契約などではなく、いつか本当の夫婦になりたい。抱かれる度にそう思う。

仁は掴んでいた腰から手を離し、彩香を膝の上に抱き寄せる。

潤んだ目から涙がひとしずくこぼれ落ちた。

仁が驚いた顔をする。はらはらと涙をこぼしていると、優しく頬を拭われた。

「やはり、いやだったか？」

向かい合わせになり、手を取られた。指を絡ませるように手を繋がれて、鼻を啜りながら首を横に振る。

「いやじゃない、です。ただ……感極まっちゃっただけで。仁さんに、触られてると、幸せで」

堰を切ったように溢れ出した涙は、なかなか止まらない。

「そんな風に可愛く誘われると、我慢できなくなりそうなんだが」

「我慢なんてしないで。ちゃんと、抱いてください」

彩香は手を繋いだまま、仁の首に抱きついた。シャツに頬を擦り寄せて、片方の手でボタンを外していく。

「勘弁してくれ。君を前にすると、余裕がなくなる」

仁は片手だけで器用にベルトを外すと、ファスナーを下ろし滾った雄芯を露わにした。彩香の背中を支えたまま後ろに倒れ、真下から蕩けきった蜜口に剛直を押し当ててくる。

「もう準備はいいだろう？　挿れるぞ」

臀部を掴み、ぐっと腰を突き上げられた。太い先端が媚肉を押し広げながらずぶずぶと中へ入ってくる。愛液にまみれた隘路はまったく抵抗なく男のものをすべて受け入れる。

「あぁあぁぁっ！」

散々焦らされた身体は呆気なく昂ってしまう。重力のままに彩香が腰を落とすと、最奥に到達する。硬く張った先端で最奥を穿たれ、まぶたの奥が焼けつくように熱くなった。

「ひ、あ、あっ……待って、今、だめぇっ」

彩香はびくびくと腰を震わせ全身を硬直させた。挿れられただけで達してしまうなんて、と羞恥に襲われる間もなく、仁が激しく腰を突き上げてくる。

「達ってるのか。中が痙攣して、すごくいい」

迸った愛液がぐじゅ、ぐちゅっと泡立つ音が立つ。両手で腰を支えられているが、あまりの激しさに頭が前後に揺れてしまう。片方の手で後頭部を掴まれて引き寄せられる。

「ん、んんん～っ！」

噛みつくように唇が重ねられて、熱を持った舌に口腔内をかき回された。その間も腰の動きは止まらない。がつがつと叩きつけるように抽送され、媚肉を擦られる。蜜襞ごと引きずり出すような動きで先端ぎりぎりまで引き抜かれて、深く突き挿れられる。

「は……っ」

荒々しい仁の呼吸が重ねた唇の隙間から漏れた。艶のある目元がかすかに赤く染まり、普段は冷徹な顔つきから余裕がなくなる。彼の目が情欲に色取られるこの瞬間が好きだ。

「ん、ふ……っ、ぅ、んっ」

はち切れんばかりに膨れ上がった陰茎が角度を変えながら最奥を穿つ。ひときわ弱い部分をごりごりと擦られると、彼の腕の中で身体を震わせてしまう。

「はぁっ、んんっ、ん」

すると彩香の反応を見てか、そこばかりを狙って突いてくる。ここがいいのか、と身体に問われているようだ。全身が心地好さに包まれて、くったりと彼の胸元に倒れ込む。

下からずんずんと突き上げられると、その度に乳房が揺れて、逞しい胸板で乳首を擦ってしまう。ひりつくほどに弄られた乳首は、ほんの少しの刺激でたちまち芯を持ち敏感になっていく。

「あぁ、自分でしてるのか」

「言わ……ないで……っ」

興奮しきった声で囁かれる。言葉の意味を察して、彩香の頬がかっと熱を持つ。それなのに擦る度にじんじんと心地好さが湧き上がり、乳首を擦るのを止められない。

「いやらしい君を見てるだけで……達きそうだ」

腰を穿つスピードが速まる。腰の動きに合わせて、泡立った愛液が卑猥な音を奏でる。互いの下生えが愛液でぐっしょりと濡れそぼり、彼の興奮した息遣いに煽られる。

「ん、あ、あぁっ……擦れちゃうの、や」

「いや、じゃないだろ。擦るだけじゃ足りないなら、舐めてやる。ほら」

「ひぁぁっ」

片方の手で腰を支えられて、もう一方の手で乳房を掴まれる。真下から最奥めがけて穿たれ、同時にねっとりと乳首を舐められた。胸の先端がじんと痺れて、腰から湧き上がった快感が脳裏を真っ白に染めていく。

「あ、あ……だめ、も……また、達く」

全身が痙攣したように震える。弱い絶頂が長くやってきて、開けっぱなしの口からは絶えずよがり声が漏れでる。

「俺も……もう、出していいか？」

熱っぽい声で囁かれる。なにを聞かれたのかも理解しないまま、彩香は必死に頷いた。

さらに激しい動きで責め立てられると、ぐじゅっと泡立った愛液が結合部で飛び散った。開けっぱなしの口からは飲み込みきれなかった唾液が顎を伝い、流れ落ちる。

「ひ、あぁ、あっ……もう、もうっ……」

彩香は髪を振り乱して啜り泣くような声を漏らす。汗がぽたぽたと仁の胸板に落ちる。

「出すぞ」

切羽詰まった声が頭の奥で響く。

子宮がきゅんと甘く疼き、彼の精をねだるように蠕動する。最奥に押し挿れられた欲望をひときわ強く締めつけると、脈動する怒張が胎内でさらに膨れ上がり、仁の口から漏れる息遣いも激しくなっていく。

ずるん、と長大な陰茎が引き抜かれ、亀頭の尖りで襞を擦り上げながら最奥に叩きつけられた。目の前で火花が散り、頭の奥が法悦に染まっていく。彩香は恍惚と宙を仰ぎ、絶頂に達する。

「あぁぁっ！」

うっと呻くような声を漏らし、息を詰めた仁が腰を震わせた。脈動する怒張が胎内で弾け、最奥に彼の精が勢いよく流し込まれる。

彩香は、何度も達したせいですでに息も絶え絶えの状態だ。仁の胸板にぺたりと顔をつけると、彼の鼓動が耳に届く。腕が伸ばされて、頭を抱えるように抱き締められた。

(仁さんに抱き締められるのも、好き)

彩香は、絶頂の余韻に浸りながらまぶたを閉じた。身体は疲れきっているが、それよりもなんだかとても離れがたかったのだ。

うつらうつらしながらも、興奮が収まっていないのかすぐに眠気はやってこなかった。

「彩香？　寝たのか？」

今日は何度も名前を呼ばれている。

明日も名前を呼んでくれるだろうか。いつもこうして一緒に眠れたらどれだけ幸せだろう。仁が隣からいなくなるのがいやで、寝たふりをしたまま背中に回した腕に力を込める。

すると胎内にある彼のものが軽く揺らされた。引き抜こうとしたのかもしれないが、弱い部分を擦られるといまだ絶頂の余韻から抜け出せない身体はたやすく疼いてしまう。

「ん……っ」

「そんな風に甘えられたら、止められなくなる。寝ていないんだろう？　さっきからずっと中がいやらしくうねって、俺を締めつけてる」

狸寝入りはバレていたらしい。だが、素直に起きていたと言うのも癪で、彩香は目を瞑ったまま寝たふりを継続することにした。すーすーと寝息を立てながらも、背中に回した腕は離さない。

すると突然、仁が彩香を抱えたまま身体を起こした。もちろん繋がったままだ。硬く膨らんだ亀頭が重力のまま最奥にぐっとめり込み、吐息の中に喘ぐような声が漏れてしまう。

「は、んっ」

「まだ俺に抱かれる気があるなら、そのまま掴まっていろ。いやなら止めてやる」

後頭部に手が差し入れられ、衝撃を与えないようにゆっくりと押し倒される。彩香は目を瞑ったまま、ぎゅうっと背中に抱きついた。

彼がふっと息を吐く。顔は見えないのに、なぜか笑ったような気がした。

彩香が手を離さなかったからか、それから何度も絶頂に導かれ、何度も彼の精を受け止めた。

数時間が過ぎ、疲れ果てて感覚が鈍くなった頃、仁の背中に抱きついたまま気を失うように眠りについたのだった。


翌朝、目を覚ますと、いつもならゲストルームにいるはずの仁が隣で眠っていた。

彩香は仁にしがみつくような体勢で眠っていたらしい。足まで絡ませた状態で。眠りながら仁を拘束していたのだと思うと恥ずかしくなる。

(私がしがみついてたから、自分の部屋に戻れなかったのかな)

そうっと腕を外すと、眠っている仁の口からほっと安堵したような息が漏れる。

こんな体勢でちゃんと眠れるはずもない。肌と肌が触れていたところはびっしょりと汗ばんでいる。もうすぐ五月になり、日によっては気温も高い。きっと寝苦しかっただろう。

(無理矢理引き剥がしても良かったのに)

一緒に寝てくれたのだ。泣いてしまった彩香を慰めるつもりだったとしても、嬉しかった。

（やっぱりくっつきたくなるなぁ）

彼を起こさないように胸元に顔を寄せた。そういえば仁はよく彩香の全身を唇で愛撫する。肌を舐められると、手で触れられるよりずっと気持ちいい。男性も同じなのだろうか。

彩香は仁の胸の突起に唇を寄せて、ちゅっと軽く口づける。彩香の乳首よりもずっと小さく、豆粒みたいだ。仁の肩がかすかに震えたような気がしたが、寝息は先ほどと同じく規則正しい。

もう一度唇を寄せて、舌で舐めてみる。仁がするように小さな突起の先端をちろちろと舐めて、ちゅうっと吸いつく。仁はなんの反応もしなかった。眠っているのだから当然かもしれない。

今なら仁に好きに触れられる。彩香の行動はどんどん大胆になっていった。乳輪ごと口に含み彼がいつもするように乳首を舌で転がしてみる。仁の愛撫を思い出しながら舌を動かしていると、下腹部に熱が溜まっていく。

「ふ……っ」

隘路が切なく疼き、とろりとなにかが溢れ出す。

彼の精か、自分の蜜か。昨夜散々弄られた部分はいまだに蕩けきっていた。彼との行為に慣れたせいか、自分がどんどん淫らになっていっている気がする。

「なにしてる？」

太ももを擦り合わせながら、男性の乳首にちゅうちゅう吸いつくなんて。

「……っ！」

ふいに仁の腕が彩香の身体に回されて、抱き寄せられる。

いつ起きたのだろう。そういえばいつのまにか寝息が聞こえなくなっていた。彩香は自分の淫らな行動がバレてしまった気恥ずかしさで顔を上げられない。

「彩香？」

びくりと肩が震える。なんでもないと首を振るが、顎を持ち上げられて真っ赤になった顔を覗き込まれる。泣きたくなるほど恥ずかしく、目が潤むのを止められない。

「一人で遊ぶのはずるいな」

下腹部に腰を押しつけられた。そこにある彼のものはすでに臨戦態勢に入っており、彩香の下腹部に当たるとぬるりと滑るほどに濡れていた。

彩香の愛撫に興奮してくれたのだろうか。そう思うと嬉しさが込み上げてくる。

「じゃあ……一緒に遊んでくれますか？」

仁はヘッドボードに置かれている時計を見て、一つ頷いた。

「十五分は遊べそうだ」

そう言うと、くっついていた彩香の身体を引き剥がし、胸元に顔を寄せてくる。

「なに、するの？」

「やられっぱなしは性に合わない」

見せつけるように舌を突き出した仁に、乳首をちろりと舐められた。片方の手は太ももの間に入れられ、ぬるついた恥部を指先で撫でられる。

「もうこんなに濡らしてたのか？」

からかうように言われて、かぁっと頬に熱がこもる。仁の胸を舐めながら、自分が興奮していたのはたしかだ。だがそれを指摘される恥ずかしさったらない。

「ち、違います……昨日、あんなにするから……っ」

「あぁ、たくさん注いだからな。そういうことにしておこうか」

「あぁぁっ」

秘裂をかきわけながら、指がずぶりと差し入れられる。濡れそぼった蜜襞は仁の指を締めつけ、奥へ引き込もうとする。

「もう、とろとろだ」

感に堪えない声で囁かれて、全身が熱く昂る。

ぬちゅ、ぬちゅっと音を立てながら媚肉をかき混ぜられると、したくてたまらない気持ちになってしまう。

「ふ、あ……んっ」

指の動きに合わせて腰が浮き上がった。指を動かしながら、乳首を舐められる。硬く膨らんだ乳首を痛いほどに吸われ、口の中で縦横無尽に転がされた。

気持ち良くて頭が陶然としてくる。

指だけでは物足りない。彼のもので激しく最奥を突かれたい。彩香はこくりと唾を飲み干すと、足に当たる滾った肉棒を太ももで擦る。

「指、いい、から……っ、して、くださっ」

「は……っ」

仁の口から興奮しきった声が漏れた。

勢いよく指が引き抜かれて、うつ伏せの体勢で腰を高く持ち上げられる。そして背後から一気に雄々しい昂りを突き挿れられた。

「ひぁぁぁっ！」

よがり声と共に、ぐちゅうっと耳を塞ぎたいほどの淫音が響く。結合部から溢れでた体液が太ももを伝い、つぅっと流れ落ちた。

彩香を気持ち良くする動きではなく、仁自身が快感を追うような激しい動きで腰を叩きつけられた。後ろから貫かれたのは初めてだ。これ以上深い部分はないと思っていたのに、それよりも奥に彼を感じる。

「あ、あっ、そこ……深い……っ」

背中を仰け反らせて感じ入った声を上げる。するとさらに仁の動きが速まり、肌と肌がぶつかる乾いた音が立った。

亀頭を擦りつけるような動きで最奥を抉られ、泡立った愛液がシーツに飛び散る。

「いいか？」

「ん、あぁぁっ、い、いいっ」

がくがくと全身が揺さぶられる。

激しく腰を穿たれ、脳天まで痺れるほどの快感が駆け巡る。角度を変えて、弱い部分を探るような動きで亀頭をぐりぐり押し込まれると、いとも簡単に限界がやってくる。

彩香は全身を痙攣させて背中を波打たせる。ぴしゃりと愛液が弾け、はしたなくシーツを濡らしてしまう。だが彼の動きは止まらない。

「は、あ、あぁっ、も……達ってる、達ってるの」

「俺はまだだ」

絶頂感が収まらない。

ずっと達しているような感覚が押し寄せてきて、羞恥や理性がなくなっていく。本能のままに彼を欲してしまいそうだ。

「あぁぁっ、今、そこ……っ、だめぇっ」

目眩がするほどの心地好さが意識を陶然とさせた。シーツにぎゅっとしがみつきながら腰を震わせていると、腰を押し回すような動きで貫かれる。

「んんっ、も……達って、お願い、もっ……変に、なる」

これ以上されたら、頭がおかしくなってしまいそうだ。彩香は肩で息をしながら懇願した。

背後から両胸を揉みしだかれて乳首を引っ張り上げられた。指の腹で転がされて、上下に爪弾かれる。

その間も休むことなく律動は続く。彼の汗が背中に滴り落ち、ひときわ強く奥を抉られた瞬間、身体の中で熱が爆ぜた。

「ひぁぁっ！」

同時に絶頂へ達した彩香は、そのままシーツに身を沈ませる。ずるりと長大な陰茎が抜け出ると、背後からほうっと荒い息遣いが聞こえてくる。

「まだ足りないが……続きは今夜だな」

くしゃりと髪をかき混ぜられる。うつ伏せのまま動けないでいると、ベッドから下りた仁がタオルを持ってきてくれた。汗の滲んだ身体が軽く拭われて、うっとりと目を閉じる。

「ん……仁さんの……朝ご飯……」

夢うつつのまま口を開くと、小さな笑い声が聞こえてきたような気がする。けれど、彼が彩香の言葉に対して笑うことなどほとんどなかったので、きっと空耳だろう。

「作っておくから、あとで食べればいい。仕事に行ってくる」

髪を撫でられて、夢見心地で頷いた。

寝室のドアがぱたんと軽い音を立てて閉じられた。ゲストルームに着替えに行ったのだろう。起きなきゃと思いながらも、目が開けられなかった。

第八章

仁と一緒に暮らし始めてから一ヶ月が経った。

彩香は毎日休みのようなものだが、仁は五月の長期連休さえも出勤していた。

ずっと忙しく、倒れはしないかと彩香ははらはらしている。自分ばかりが家でゆっくりしている罪悪感もあるだろうが。

結局、今回も妊娠はしなかった。

残念なようなほっとしたような気持ちになるのは変わらない。

ただ、仁にホテルに戻る気配がないことが嬉しい。どうしたって、このまま普通の夫婦のようになれるのではないかと期待してしまう。

排卵日が終われば、相変わらず寝る部屋は別々だ。

ただ、排卵日の前後だけは、朝まで抱き締めてくれる。

そんな仁の態度を見ていると、もしかしたら、彩香に対して少しくらいはある種の情が芽生えたのではないか、と考えてしまう。

いつものように朝食を用意していると、仁が起きてリビングに顔を出した。

「おはようございます」

「おはよう」

ここ最近、仁の帰りがかなり遅い。

寝ぼけたようにぼんやりしているのは、睡眠不足や疲れからだろう。スタミナのつく朝食にして良かったとテーブルに並べていく。

疲労回復にと梅おにぎりと豚しゃぶサラダ、鉄分豊富なほうれん草をソテーし、果物も忘れない。そろそろ冷たい飲み物の方がいいだろうと、緑茶を入れたグラスに氷を落としておく。

「いただきます」

彩香が言うと、仁も同じように手を合わせて、食事を進めた。

梅おにぎりを一口で半分ほど口に入れた仁は、ぴたりと咀嚼を止めておにぎりの具を見つめた。

(どうしたんだろう?)

黙って食事をするのはいつものことだが、仁の眉がかすかに寄り、なんとも言えない顔をしたのを彩香は見逃さなかった。

「すみません、美味しくなかったですか?」

塩を入れ過ぎただろうかと、彩香もおにぎりを一口食べる。だが至って普通の梅おにぎりだ。

「いや、なんでもない」

首を傾げて仁を見ると、微妙な顔をしながら梅おにぎりを二回に分けて食べていた。すべて飲み込んだあと、グラスを手に取る様子を見て、もしかしてと思い至る。

「梅……苦手なんですね？」

口直しに緑茶を飲む仁に尋ねると、申し訳なさそうに目を逸らされた。表情はあまり変わっていないが、彩香はここ一ヶ月で、仁の喜怒哀楽をかなり読めるようになってきたのだ。

「食べられないわけじゃない」

「疲れが取れるんですよ。あまり出さない方がいいですか？」

「頑張れば食べられる」

頑張れば、の言い方がまるで大言を吐く子どものようだと笑みが浮かぶ。

「ふふっ、仁さん、おかしい」

苦手なのに一生懸命食べてくれたのかと思うと愛しくて、眉根を寄せた仁の顔がおもしろくて、笑い出すと止められない。

「そんなにおかしかったか？」

「いえ……っ、すみませ……だって、なんか可愛くて」

ついには、あははっと大口を開けて笑ってしまう。目に涙が浮かび、手の甲で擦っていると、仁の纏う空気が柔らかくなる。目の前に腕が伸ばされ、口の端を拭われる。

「君の方がずっと可愛い」

「はい……？」

仁は指先についた米粒を手に取り、口に含んだ。

ぐるぐると目まぐるしく心が浮き立つ。まるで血が沸騰したかのように顔中に熱が集まってくる。

可愛いと言われて嬉しくて、口にお米をつけたまま話していたことが恥ずかしくて。

　気持ちのままに好きだと言ってしまいたくなる。

（どうしよう……好き）

　物欲しそうな顔を向けていたのかもしれない。食事を終えた仁が椅子から立ち上がり、唇が軽く重ねられる。ちゅっと水音を立ててすぐに離されるが、仁の耳が真っ赤に染まっているのを見逃すはずもない。

「なんで……キス」

　彩香は目を瞠り、指先で唇に触れる。

「笑っている君が、可愛かったから」

「そ……ですか……」

　そんな風に甘ったるく言われたら、好きな気持ちを隠していられなくなりそうだ。彼は恋愛をするつもりはないと言っていたし、自分の気持ちを押しつけたいわけじゃないのに。

　仁は、しゅんと肩を落とした彩香を見つめながら切なそうに目を細めた。

「君を喜ばせたいし、君が笑っていてくれると嬉しい。今まで……誰に対してもこんな風に思ったことなんてないのにな」

「私も……仁さんが喜んでくれると、嬉しいです」

　見つめ合ったまま告げると、仁の口元がかすかに緩む。

　もう一度キスしてほしい。手を伸ばして、彼の腕を軽く掴む。

熱を孕んだ視線を受け止めた仁が、ゆっくりと顔を近づけてくる。

唇が重なり、啄むように上唇を舐められる。仁の見よう見まねで厚めの唇を軽く食むと、同じように返された。

「ふ……っ」

キスの合間に漏れる息遣いが荒くなり、劣情の孕んだ視線が交わる。唇を甘噛みされ、熱を持った舌で口腔内をねっとりと舐められる。舌と舌を絡め合い、唾液を交換する。

シャツを掴む手に力が入ると、顎を掴まれ、さらに深く口づけられた。

「ん、はぁ……」

徐々に激しさを増していくキスに酔いしれ、身体が溶けてしまいそうだ。

互いの息が荒くなった頃、ようやく唇が離された。二人の間にとろりと銀糸が伝った。それを舐め取るようにもう一度唇を重ねられて、顎から手が離れていく。

「今日も遅くなるから、食事の用意はしなくていい。君と食事ができないのは残念だが」

彩香は身体に残る熱を持て余しながら、名残惜しさを押し殺して頷いた。彼の体調は心配だが自分にできることはほとんどない。仁のために部屋を整えておくくらいだ。

「わかりました。あの、お仕事でなにかあったんですか?」

聞いていいのか迷ったが、思い切って尋ねてみる。ここ二、三日は午前零時を回ってから帰宅しているため、いつまでこの忙しさが続くのかわかればと思った。

「仕事というか、実は君にも関係することなんだが」

「私、ですか？」

目を丸くして自分を指差すと、ため息交じりに小さく頷かれる。

「実は新が、宮田金属加工との共同開発のデータを他社に渡していたことがわかった」

「え……っ」

それは大変なのではないだろうか。宮田金属加工とＯＮＯＧＡＫＩの共同開発は、オリジナルブランド商品として大々的に売り出す予定のものだ。

「それを手土産として、今以上の地位でも約束してもらうつもりなんだろうが」

「なんでそんなに落ち着いてるんですか⁉　それ大丈夫なんですか⁉」

宮田金属加工の鋳造技術は簡単に真似できるようなものではないが、漏れてはならないデータはほかにいくらでもある。彩香が落ち着いていられるはずもなかった。

「君が心配することはなにもない」

余計な心配はするなと言われているようだ。彩香は彼をじっと見つめて続きを促した。すると、諦めたようにため息を吐いた仁が言葉を続ける。

「新ならいつかやるだろうと考えていたからな。念のために、信頼する相手にしか本物のデータは渡してない。何人炙り出せるかはわからないが、これを機に役員の一新を図ろうと思ってる」

「そうだったんですか」

良かった、と彩香の肩から力が抜けた。

仁はいつも彩香を蚊帳の外に置くような言い方をする。だがそれは、彩香の誤解であることが多い。

以前、食事を余計なことだと言ったのは、契約を結んでいるだけの相手のために食事など作らなくていいという意味だった。今回も、彩香が心配することはなにもないのだという意味だ。

きっと心配することはないのだろう。だが、新の行動は常軌を逸している。今は仁が先手を打っているように見えるが、人は追い詰められると思いも寄らぬ行動を起こす。

彩香はそろそろと窺うように仁に視線を向けた。

「あの……本当に、大丈夫……なんですよね？」

「あぁ、宮田金属加工の技術はどこにも漏れてない。安心していい」

「そうじゃなくて、仁さんは大丈夫なんですか？　危ないことは……」

いよいよ追い詰められた新が、なりふり構わず仁になにかをしてきたら。直接手を下さなくとも、金でなんとかする方法もあるのではないか。

テレビドラマの観過ぎかもしれないが、自分には想像もつかない世界だ。あり得ないとは言い切れないのではと不安が募った。

（仁さんに、なにかあったら……）

そう考えて、全身にぞわりと鳥肌が立った。

「俺になにかあったとしても、君の生活は不自由がないよう配慮する。婚姻関係があるんだ。財産も……」

「そんな心配はしてません！」

仁は心底わからないといった顔をする。ではなんの心配をしているのかと。

自分の想いがまったく伝わらずもどかしい。

「あなたが傷つけられるのは、いやなんです」

「どうして？」

「好きだからに決まってるじゃないですか！　なんでわからないの、もう……っ」

涙が滲んだ目を向けて、仁の胸をぽかりと軽く叩く。

仁は驚いた目で彩香を見ていた。

彩香は思わず、手のひらで口元を覆う。

（言うつもり……なかったのに）

仁を困らせたくなかった。だから、恋心は自分の中に押し留めておくつもりだった。彼に愛してほしい思いはあっても、今のままで彩香は十分幸せだったのだ。

恋愛をするつもりはないと言いながらも、情の深い優しい彼のことだ。彩香の恋情を拒絶できないのではないだろうか。彩香は同情で愛してほしいわけではなかった。

（どうしよう、誤魔化しても、いいけど）

好きイコール恋愛感情とは限らない。今ならまだ、好意で片付けられる。それなのに、彩香の口からは、考えとは裏腹な言葉が漏れた。

「好きなんです……あなたが。だから、心配したんです」

知ってほしかった。彩香がいつもどんな思いで抱かれているのか。

毎日、仁と一緒に生活をしてどれだけ幸せだと思っているのか。

仁になにかあればどれだけ傷つくのかを、知ってほしかったのだ。

「俺を心配してくれたのか？」

「そうです」

胸に当てた手を取られて、口づけられた。仁の目が眩しいものでも見るように細められる。

彩香の恋慕を不快に思っているわけではなさそうだ。むしろどこか嬉しそうに見える。

「危ないようなことはない。心配するな」

「はい」

指先にちゅっと口づけられて、手が離される。勢い余って告白してしまったけれど、彼からの返事はなかった。愛してくれなくてもいい。ただ、そばにいさせてほしい。それでも、指先に触れる甘さに期待してしまいそうになる。

「……っ」

すると突然、腕を引き寄せられて、胸の中に抱き締められた。

キスをしたり、抱き締めたり、期待を持たせるようなことをする彼に翻弄されてばかりなのに、それがちっともいやじゃない。

「こんなことを言うのは、契約に反するとわかっているが……」

「はい」

彼の喉が上下に動く。

緊張しているのか、触れ合ったところから彼の逡巡が伝わってくる。

しばらくして、掠れた声が聞こえてきた。

「今すぐ、君を抱きたい」

熱を持った言葉が耳に届き、彩香の胸を満たしていく。仁の声色が、体温が、愛しさが、かすかに震える身体から伝わってくる。

契約に反するとわかっていても、彩香を愛おしむ気持ちは止められなかったのだと言われているようだ。それが彩香の心の深い部分に刺さり、溶けていく。なにも考えずに頷いてしまいたかった。

このまま互いの熱を分かち合い、一つになれたらいいのに。

「今日は、排卵日じゃないですよ」

仁の気持ちを確認するように口にする。

「わかっている。だが、君を見ていると、たまらない気持ちになるんだ」

彩香もまた、毎日仁と暮らしていると、たまらない気持ちになる。

仁に触れられるだけで胸が高鳴り、仕事に行くのを見送るときは寂しい。キスをされるだけでどれだけ幸せな気持ちになるか、彼にはわからないだろうと思っていた。

本当は排卵日を待ちわびているなんて、決して言えなかった。

「私も……同じです。同じ、なんです」

仁のシャツをきゅっと掴む。

抱き締められると、弾む気持ちが抑えられない。

互いに熱を持て余しながら、名残惜しむように身体を離した。

今すぐは無理でも、彼の仕事が落ち着いたら。その日が楽しみで仕方がなかった。

彩香がいつもと同じように家事を終えて一休みしていると、珍しく実家から連絡が入った。新婚夫婦の邪魔をしないようにしてくれているのか、両親から連絡が来ることはほとんどない。日中にちょこちょこ顔を出しているため、電話をしてまで話すことがないのかもしれないが。

彩香はスマートフォンを手に取り、電話に出る。

「もしもし？　お母さん？」

『彩香？　今ちょっといい？　べつに大したことじゃないんだけど、一応知らせておこうと思ってね』

「うん。なに？」

大したことではないのに、わざわざ電話をしてくるなんて珍しい。彩香は首を傾げながらも母の話に耳を傾けた。

『いやぁ、実はね……昨夜、事務所に空き巣が入ったのよ』

「空き巣!?」

『大丈夫、大事なものは金庫に入れてたし、ほかに盗まれたものもないから。ただ、事務所のデスクとかキャビネットの中にしまっておいた書類が荒らされていてね。彩香が帰ってきたら驚くと思って、先に知らせておこうと思ったの』

ほっとしたのも束の間。

事務所の書類が荒らされている、という母の言葉に引っかかりを覚える。

（お金目当てじゃないってこと？）

デスクやキャビネットの書類が荒らされているというところが非常に気になった。

金庫を持ち出せず、腹立ち紛れに書類をめちゃくちゃにしたのだろうか。

「夜、部屋にいるときに事務所に空き巣が入ったの？」

『そうだと思うわ。窓の鍵の部分に外から空けられた小さな穴があったの。書類が散乱してなかったら、空き巣に気づかないところだったわよ。ほんと怖いわよねぇ』

「怖いね……お母さんたちになにもなくて良かったよ。片付け大変でしょ？　時間あるし、これからそっちに行くね」

『そう？　助かるわ。ほんとにしっちゃかめっちゃかにしてくれてね。今日は仕事にならないわ』

うんざりしたような口調で母が言った。

電話を切り、出かける準備をする。おそらく昼食の準備も難しいだろうから、常備菜をいくつかパックに入れて、おにぎりを作りラップに包んだ。

昼食を入れた紙袋を持ってマンションの外に出ると、エントランス付近の壁に寄りかかった新と目が合った。彩香は驚いて足を止める。まるで自分を待っていたようだ。

「新さん」

心臓がいやな音を立てる。このタイミングで新が来るなんて。実家に入った空き巣と彼が関係あるのではないかと考えてしまう。

（もしかして、私が出てくるのをずっと待ってたの？）

どこかから見ていたのかもしれない。リビングのカーテンは開けている。覗かれていた可能性を考え、恐怖で全身が小刻みに震えた。

仁は大丈夫だと言っていたが、この男の地位に対する執着は尋常じゃない。

荷物を持った手に力が入る。たくさんの人の目がある場所でなにかするとはさすがに思えないが、嫌悪感からじりじりと距離を取ってしまう。

「話があるんだ。ちょっとついてきて」

新はにやりと歪な笑みを浮かべると、彩香を手招きした。

「ついていくわけないじゃないですか。うちの実家に空き巣に入ったのは、あなたですか？」

仁が言っていた。

新は宮田金属加工とＯＮＯＧＡＫＩの共同開発データを他社に渡していた、と。仁の機転により事なきを得たが、ニセモノを掴まされた新がその後、本物の書類を探すために空き巣に入ったのではないかと考えてしまう。

「空き巣が入ったの？　それは大変だな」

驚いた顔がわざとらしい。白々し過ぎて呆れるしかない。どうせ新になにを言ったところでしらばっくれるだけだろう。それより新はいったいなんの用でここに来たのか。

「落ち着いた場所で話がしたいだけだ。来てくれないのなら、君のお母さんに娘さんの結婚は契約ですって言っちゃうよ？」

声を潜めて告げられて、身体が強張った。

なにをされるかわからない。ついていくべきじゃない。新の言いなりになって、万が一にも仁に迷惑をかけるのだけはいやだ。

それでも、男の言葉に足が竦む。

人の弱みにつけ込むなんてどこまで最低なのか。

「結婚生活の実態はなく、娘が自分の身を金に換えたなんて知ったら、ご両親はどれだけ悲しむだろうなぁ。宮田金属加工が助かったのは、愛する娘が愛してもいない男とセックスして子どもを産む契約をしたから、なんて聞かされたら俺なら死にたくなるね」

「そんなの……知りません」

否定しながらも、動揺で呼吸が浅くなる。新はそこまで知っているのか。だから彼は常に強気でいられたのかもしれない。

(どうしよう)

言われなくともわかっている。両親がどれほど悲しむか、なんて。この秘密は墓場まで持っていくつもりで仁と契約したのだから。

それでも彩香は宮田金属加工を助けたかった。父や職人たちの思いを守りたかったのだ。自分の覚悟を今さら後悔なんてしない。誤算だったのは仁を愛してしまったことだが、今では契約相手が仁で良かったとさえ思っている。新のような男だったら、おそらく契約を持ち出された瞬間に断っていただろうから。

「へぇ、あんたの大事な人が傷つくかもしれなくても？」

冷笑を浮かべる新に全身が総毛立つ。空き巣犯が新である確証はないが、もしそうだとしたら犯罪をためらわないほどに新は追い詰められていることになる。もしかしたら人を傷つけることもためらわないかもしれない。そう思うと、恐怖で身体が竦んだ。

「仁さんには……なにもしないで」

彩香は震える声で言った。

「ははっ、仁と来たか。健気だな。まぁなんでもいい。来てくれるよな？」

新は驚きを露わにし、高揚したように口元をにやつかせた。

「どこに連れていく気？」

すでに新に対して丁寧に話す気もない。憮然とした彩香の態度に対して、新は不満そうな表情をしただけでなにも言わず顎をしゃくった。

「駐車場に車を停めてある」

「車には乗らない」

「まぁいいよ。とりあえず来い」

悪あがきだとわかっているが、どうにか事態を好転させるために時間を稼ぎたかった。

新の後ろをゆっくりとした足取りで歩いていると、彩香のわざとらしい動作に苛立ったのか強引に腕を引かれる。

「痛い！　止めて！」

大きな声を出しても、新の腕の力が緩められることはなかった。新の狙いがわからない以上、車には絶対乗れない。

彩香はパンツの後ろポケットからスマートフォンを取り出し、不自然に思われないように手に持った紙袋を腕にかけながら脇の下に隠した。さりげなく音量ボタンと電源ボタンを探っておく。

新に連れてこられたのは地下駐車場だった。

来客用の駐車場はマンションの入り口から近い場所にあるため、住人用の空いているスペースに無断で停めたのだろう。

「で、話ってなに？」

「開発のデータ、ニセモノ掴まされてたって知ってんだろ。せっかく忍び込んでまで探したのに見つからねぇし。ひどいことするよなぁ」

「やっぱり空き巣はあなたじゃない！　なにがひどいことなの！　必死に働いている人がいるのに、経営陣のあなたが会社を裏切るなんて！」

「専務って言ったってさ、旨みがまったくないんだぜ？　年収一千万ちょぃしかねぇし。責任だけ重くなるしさぁ。ま、今頃、臨時の取締役会で俺の役員解任が決まってるだろうから、もうどうでもいいんだけど」

「なら、私になんの用？」

地位を失い、会社にもいられないのなら、ますます彩香に用はないはずだ。契約について脅されたとしても、彼に渡せるようなものはなにもない。共同開発のデータがどこにあるかなど、彩香は知らされてもいないのだから。

「だから俺にはもうあとがないわけ。仕方ないから、君を拉致って仁に金でもせびろうと思って。ほら、愛のない妻だとしても、助けなきゃ体裁が悪いじゃん？　あいつそういう外面はいいから、たぶん払うと思うんだよな。協力してくんない？　一割は君にあげるからさ」

へらへらと笑いながら言う新に嫌気が差す。

自分に人質の価値などない。と以前なら言っていただろう。

けれど今は、彩香を助けるために仁は金を払ってしまうだろうなと思える。仁は体面など気にしない。ただ、彩香になにかあれば傷つくと思う。言葉で伝えられていなくとも、彩香はかなり大事にされている。

「あなたに協力なんてしません」

「そうか、なら普通に拉致ろう」

彩香は隠しておいたスマートフォンの左右のボタンを強く押し続ける。すると、すぐさま防犯ブザーのような音が地下駐車場に鳴り響いた。

「なんだっ！」

新は慌てたように後部座席のドアを開け、彩香の腕を強く引いた。

その拍子に腕にかけていた紙袋とスマートフォンが地面に落ちる。

だが、緊急用ＳＯＳ機能はきちんと作動していたようで、緊急連絡先として登録しておいた仁の名前が表示されていた。

スマートフォンには、警察や登録している緊急連絡先に自動的に発信されるという機能が搭載されている機種がある。彩香はそれを思い出し、隠していた方の手でボタンを押したのだ。新はスマートフォンの画面を見て舌打ちすると、彩香の背中をどんっと強く車の中へと押し込んだ。

「きゃぁっ」

「舐めたことしてくれるよな。決めた。どうせ捕まるんなら、腹いせに君をぼろぼろにしてからにしよう。けっこう可愛い顔してるし、仁とやってんなら慣れてんだろ」

恐怖で顔が引き攣った。後部座席のドアが閉められる。

大丈夫だ。仁は、彩香からの連絡に気づき、なにかがあったと察してくれるはず。新に行きつくのは時間の問題。新が直接仁になにか仕掛けるよりずっといい。そう思おうとしても、仁以外の男に触れられるかもしれない恐怖心に抗えない。

新が運転席に乗り込み、エンジンがかけられる。

すぐに車を発信させて、どこかへ逃げるつもりなのだろう。がちゃがちゃとドアを開けて逃げ出そうと試みるが、運転席側からロックされているようで開かなかった。

「ちょっと！　開けて！」

「開けるわけないだろ」

次の瞬間、がしゃんとなにかが割れるような大きな音が響き渡った。驚いて周囲を見るとフロントガラスと運転席側の窓に大きなヒビが入っていた。

そしてもう一度大きな音が鳴る。愕然としている間に、割れた運転席の窓から入ってきた手がドアのロックを解除した。

彩香は我に返り、後部座席のドアを開けて外に出る。車の横に立っていたのは。

「仁、さん」

仁は憤然とした様子で新を睨みつけていた。

彩香に気づくと、目だけが柔らかく細められる。

「遅くなって悪かった。大丈夫か？」

「はい……でも、この人、なにするか……っ」

仁になにかするかもしれない。そう言おうとして、抱き締められる。すぐに腕は離されてしまったが、力強い腕が「大丈夫だから」そう言っているようだった。

そして彩香を庇うように前に立った仁が、運転席に座ったまま観念したように肩を落とす新を引きずり下ろした。仁は、新の胸元を掴み上げ、背中から車体に叩きつける。

「ぐ……っ！」

新はぐっと喉を詰まらせ苦しげな顔をするが、そんな新を見る仁の目はぞっとするほど冷酷だった。

「落ちるところまで落ちたな。名だけの役員で満足しておけば良かったものを。どうせ紗栄子さんに唆されたんだろうが、あの女、離婚届を書いてとっくにとんずらしてるぞ」

仁はバカにするような声で言った。殺気立った目を向けながら容赦せず新を追い込む。

「そんなわけ、ないだろ！　紗栄子が、俺を、裏切るはずがない！」

新は萎縮しながらも唾を飛ばさんばかりの勢いで口を開いた。その間も襟を掴まれ、ぎりぎりと締め上げられている。

「金の切れ目が縁の切れ目、と言うだろう」

仁がうんざりしたような口調で言うと、新は激高し顔を真っ赤にして喚く。

「うるさいっ！　お前さえいなけりゃ、最初から俺が、その場所にいた！　こうなったのも、お前のせいだ！」

新は苦しそうに息を漏らしながら、仁を睨みつけた。

「べつに俺は社長の座に固執してない。ほしいというならくれてやっても良かったんだ」

仁はため息交じりに告げる。

そういえば、初めて会った日にも同じことを言っていた。

仁はさほど今の地位に執着していない。ただ、新がトップだと会社がどうなるかわからない。だから仕方なく自分がその地位にいるのだと。

だが、それを初めて聞かされた新は呆気に取られたような顔で固まった。

「はっ？」

「何年後になるかはわからないが、いずれ竹田にONOGAKIの仕事を引き継いで、いくつかほかに興した事業に本腰を入れようと思っていた。ただ、お前がいることでこういう面倒事が必ず降りかかるだろうと予測していたんだ。身内の問題で社員を路頭に迷わせるわけにもいかないから、俺がやるしかなかった」

「そんな……」

仁が襟から腕を離すと、新は膝から崩れ落ちるようにその場にへたり込む。

「聞く耳を持たなかったのはお前だ。どうしても社長の地位がほしいのなら、俺に助力を乞えば良かったんだ。独り立ちするまで支えてやることだってできた」

「お前なんかに支えてもらわなくても、俺は一人でやっていける！」

こんなことをしなくとも、地位を手に入れるチャンスはたくさんあったはずだ。仁の父親だという会長が味方についていてくれたのなら、もっと建設的な方法がいくらでもあっただろう。

「プライドの高いお前はそう言うと思っていた。あぁ、お前の味方についていた役員連中も全員解任した。ついでに言うと、お前が手土産を持っていこうとしてたのは俺の会社だ。たとえ偽の書類であったとしても、他社に身内の恥を晒すわけにはいかないからな。あえてお前に旨い話をちらつかせるように指示を出した。もちろん従業員には、資料はニセモノだと事前に伝えてある」

新が宮田金属加工との共同開発のデータを他社に渡していると知りながらも、仁が落ち着き払っていたのは、書類がニセモノというだけでなく、行動を監視しわざと泳がせていたからなのか。

「は……っ、なにもかもお前の手の内かよ……もういい」

新は自嘲するように声を漏らし、仁に背を向けた。

「お前の行き先は警察だ。逃げられると思うなよ？」

仁に腕を掴まれ、新の口から観念したように深いため息が漏れた。

その後、パトカーに乗せられた新を見送り、マンションの部屋に戻った。被害者である彩香への聴取は後日でいいらしい。

玄関のドアを開けて中に入ると、一気に身体から力が抜ける。

「大丈夫か」

「すみません……さっきまでは平気だったのに」

仁に支えられソファーに座ると、今になって車に押し込まれたときの恐怖に襲われ、手が小刻みに震えてしまう。

「恐怖を覚えて当然だ。無理をするな」

「はい。助けてくれて、ありがとうございます」

深く息を吐き出すと、ようやく人心地つく。そこで時計を見て、はっと我に返る。

「あの……仕事、大丈夫ですか？」

「君はいつも人の心配ばかりだな」

「だって……」

新が仁になにかするのではと思ったら、いても立ってもいられなくなって、思わず行動してしまったが、仁がいなかったらと思うとぞっとする。だが、どうしてタイミング良くあの場に現れたのだろう。

「どうして、あそこに？」

「君のお母さんから電話がかかってきた。家に来る予定だったのに来ていない。電話も通じないと。

そのとき空き巣の件を聞いて、新が俺への嫌がらせのためだけに君を狙う可能性もあると気づき、急いで戻ってきた。間に合って良かった」

「そうだったんですか……あ、お母さんに電話しなきゃ」

彩香が言うと、画面のひび割れたスマートフォンをテーブルに置かれる。地面に落としたときに割れてしまったようだ。

「なにかあったんじゃないかと心配していたから、軽い熱中症を起こして部屋で休んでいると言っておいた。あとで電話を入れておけばいい」

「なにからなにまで、ありがとうございます」

彩香に危険が迫っているとは話さないでいてくれたらしい。そのことに胸を撫で下ろす。

紙袋に入れてあったおかずは仁が冷蔵庫に戻してくれた。おにぎりは夕飯にしよう。

珍しくキッチンに立った仁がグラスに注いだ麦茶を彩香の前に置いた。彩香の様子を見て、疲れているだろうからと気遣ってくれたのだろう。

彩香は礼を言いグラスを手に取った。

隣に座った仁に案じるように見つめられ、思わず深くため息をついてしまう。べつになにかを考えてそうしたわけではなかった。

ただ、仁がそばにいてくれて気が抜けただけだったのだが、彼はそう取らなかったようだ。

「家のことに君を巻き込み、迷惑をかけた。すまなかった」

「あ、いえ……っ、違うんです！　ほっとしちゃって」

「言い訳にもならないが、自分の計画通りに事が進んでいたため油断していた。防犯ブザーの音に気づいて、新の車の中から君の声が聞こえたとき、怒りで頭がおかしくなるかと思った。あそこまで愚かだとは……」

仁も重苦しい息を吐いた。前髪をかき上げると、疲れた顔が見える。

「一つ、聞いてもいいですか？」

「なんだ？」

「お義父様は……どうして新さん側についたんでしょうか？　なにも知らない私ですら、新さんを後継者にするくらいならほかに優秀な人をと思うのに、一代でＯＮＯＧＡＫＩを大きくした元社長さんが気づかないものでしょうか？」

「仕事人間のあの男が、手塩にかけて育てた大事な会社を新に渡すなんてあり得ないな」

「え……なら、どうして」

そもそも会長である義父が新側についたために、仁は結婚を余儀なくされたのではなかったか。

「あの男は、自分の子を都合のいい道具くらいにしか思っていない。俺がトップじゃないと困るんだろう。だから俺に新を排除させたかった。世襲制なんて今どきどうかと思うが、奴にとってはなによりも大事な会社だからな」

「そんな……」

新はただ仁を動かすための駒だったのか。仁は哀れむような表情で息をついた。

「俺は……あの男と血の繋がった親子であることすら耐えがたかった。だからＯＮＯＧＡＫＩから離れたかったんだ。竹田に引き継がせるために準備をしていたんだが、そんな俺の行動は見透かされていたんだろう。結婚し跡継ぎをもうけなければ、会社は新に渡すと言われた。新には経営者としての素質がまったくない。従業員を人質に取られたようなものだった。あの男の命令を聞くのは癪だったが、従順なふりをしている方が動きやすくてな。父には一ヶ月以内に結婚すると約束し、君に契約を持ちかけた」

新なら少しつつけば社長の地位に固執し自ら破滅へ向かう。仁を動かす駒にちょうどいい。義父はそんな風に考えたのか。家族をいったいなんだと思っているのだろう。会ったこともない義父に対して、抑えきれない怒りが芽生えてくる。

仁は優しい。ONOGAKIなど関係ないと捨て置く決断もできたはずなのに、そうしなかった。せめて、身内である新が味方であってくれたなら、こんなに苦労することもなかっただろう。終わってしまった今となっては今さらだが。

(従順なふり……そっか)

いずれ彼は、ONOGAKIを竹田に任せて自分は出ていくつもりだったのだ。そのことにほっとする。仁は父親のそばにいるべきではないと彩香も思う。

(ならなんで……あれ?)

仁の言葉に引っかかりを覚えた。「結婚し跡継ぎをもうけるように」と言われたにしても、いずれ出ていく準備をしていたのなら、実際に子作りをする必要はなかったのではないだろうか。

(だって、いつ妊娠するかなんてわからないんだし……)

仁がそのことに気づかないとも思えない。ならばどうして、彼は彩香と。

「それなら、契約結婚だけで、私と……そういう関係を持つ必要はなかったのでは……？」

後継者を求めていたとしても、当初、仁は跡継ぎが必要なら養子を迎えるとまで言っていたくらいだ。彩香が本当に妊娠する必要はなかったのではないだろうか。

「俺も……そうするつもり、だったんだが……」

仁は気まずそうに言葉を濁した。

彩香が首を傾げると、覚悟を決めたように口を開いた。

「最初は、君の覚悟を試すだけのつもりだったんだ。ブライダルチェックを受けさせて、排卵日にきちんと連絡をよこすような女性なら、俺を裏切る心配もないだろうと」

「裏切りませんよ……あんなに助けてもらったのに」

心外だと言葉を漏らせば、仁に申し訳なさそうに謝られる。

「その日になって、説明のためにこの部屋を訪れた。君が初めての行為に緊張しているのはわかっていた。可哀想なことをしていると思いながらも追い詰めて、それでも逃げないようならきちんと話そうと思っていたんだ。そうしたら……ベッドの上に座った君が『優しくしてください』なんて言うから……たまらなくなって……欲をかいてしまった」

真っ赤に染まった仁の耳を見ていると、自然と笑みが浮かんでくる。

そうか、彼はあのとき、ただ彩香を抱きたいと思ってくれていたのだ。それがどういう想いからにしろ嬉しかった。

「ただ君を、抱きたかった。君は俺の事情を知らない。なら契約通りにすれば君を抱ける。そんな邪な思いがあった。一度だけで止めようと思っていたのに、抱く度に俺の手で乱れる君が可愛くて、どうしようもないほど愛おしくなってしまった」

彩香は仁の告白を受け止めながら、気づくと涙をこぼしていた。

「どうして泣くんだ」

「嬉しくて……」

涙に濡れた頬をそっと拭われる。

いつだって仁は、彩香が泣く度に困ったような顔をして頬を拭ってくれた。契約を盾にする申し訳なさもあったのかもしれないが、なによりただ、触れたいと思ってくれていたのだとしたら、それは自分と同じだ。

「俺を、好きだって言ったな」

「はい……もう、ずっと前から」

「俺は父親にそっくりだ。外見も性格も。母が俺を見ると怯えると言っただろう？　それくらい似ている。怖かったんだ……自分もいつか、あいつのように大事な人を傷つけるかもしれないと。だから、誰かに愛される資格も、誰かを愛する資格もないのだと……そう思っていた」

「恋愛をしないと言っていたのは、それで？」

「あぁ」

仁の目が切なさに歪む。そんな顔をしないで、と叫びたくなる。どうしてこれほど優しい人が傷つけられなければならなかったのかと、苦しくなる。

「あなたが……そんなことするわけないのに」

彩香は、悔しさから涙をこぼしながら、しゃくり上げる。彩香が愛した人は、不器用だし言葉足らずだけど、誰よりも優しい。これほど自分を幸せにする人が、ほかの誰かを傷つけるなんてあるはずがない。愛される資格も、愛する資格もないだなんて、そんな悲しいことを言わないでほしい。

「君は、そう言ってくれるが」

「しない。仁さんは絶対、そんなことしない！」

隣に座った仁の手を取り、指を絡ませた。

彩香がこれほど信じているのに、彼自身が信じていないなんて悲しかった。

彼の優しさを育んでくれたのは母親なのだろう。彼を慈しみ育ててくれて心底良かったと思う。

母親に怯えられていると言うが、いずれ話せる日が来るのではと期待してしまう。

数ヶ月しか付き合いのない彩香にも仁の優しさは伝わっているのだ。たとえ外見が父親に似ていたとしても、母親にわからないはずもない。

「いつだって、私に優しかった。契約なのに、私がその気になるまで待つなんて言う人ですよ？　お義母さんに暴力を振るっていた人とどこが似てるんですか？　あなたを傷つけるお義父さんのこと、私は絶対に許せません。私が……守りますから。ずっとあなたに愛してるって言い続けます。そして、お義父さんとは全然違うって証明してみせる」

「彩香……」

「信じられないなら、ずっと言います。あなたは優しい人だって。結婚してるんですから、それこそ毎日。あなたが好きだって」

握った手を強く握り返される。

「君を見ていると、いつも耐えがたい衝動に突き動かされる。契約相手だと思い込もうとしても、無理だった。触れれば止まらなくなって、際限なく抱きたくなる。朝も昼も夜も、いつのまにか君のことばかり考えるようになった。愛される資格などないとわかっていながら……俺はずっと、君を愛しく思っていた」

仁の顔が近づいてきて、額が押し当てられる。鼻と鼻が触れて、互いに顔を見合わせて笑った。

そのまま強く抱き締められると、泣きたいほどの幸福感に包まれる。

「こうしてると……幸せです」

「そうだな。幸せだが、落ち着かない」

「そうですか？」

身体を離して見上げると、仁はばつが悪そうに目を泳がせる。

「今朝、言っただろう」

「なにを？」

「抱きたい、と」

ソファーに押し倒されて、啄むように口づけられる。シャツを捲り上げられると、とてもじっとしていられず仁の手を押し留めてしまう。

「あ、ま、待って……っ」

「いやか？」

そんな切なげな顔で言わないでほしい。なんだか申し訳ない気分になってしまう。

仁に触れられていやなわけがない。毎日抱かれたいと思っていたのは彩香の方だと、いつ気づくのだろう。好きな気持ちだって、自分の方が絶対に大きいのに。

「そうじゃなくて……まだ、お風呂に入っていないので」

舌で愛撫されることが多いから、きちんと綺麗にしたい。いつもは仁に抱かれるために、隅々まで洗っているのだ。

「じゃあ、一緒に入ろう。俺が洗いたい」

仁は嬉しそうにそう言うと、彩香の腕を引いた。

「えっ⁉」

「今さら恥ずかしがることはないだろう？　何度も見てるんだ」

「それは、そうですけど」

早速とばかりに抱き上げられて、脱衣所へ連れていかれる。

仁はバスタブのスイッチを入れると、脱衣所に戻り、彩香の衣服に手をかけた。

こうして脱がされるのも、裸を見られるのも初めてではないが、彩香にとって今日は特別な日となる。子作りのためではない。ただ、互いの愛情を確かめ合うために肌を重ねる初めての日。

それに、いくら互いに裸を見慣れているとはいえ、明るい場所で見られるのはどうしたって恥ずかしい。彩香がつらつらとそんなことを考えている間に、服が取り払われ下着に手がかかる。

「じ、自分で脱ぎます！」

「わかった」

ゆっくり脱いだところで何分もかかる作業ではない。羞恥に耐えながら下着を脱ぎ、さっさと脱ぎ終えた仁に手を引かれて、洗い場へ足を踏み入れる。

いまだ胸を手で隠し、足をぴたりと閉じている彩香を見て、仁が首を傾げた。

「そんなに恥ずかしいか？」

仁はシャワーの湯を出し、手のひらで温度を確かめた。

「だって……いつもは裸でも、いっぱいいっぱいになってるので。今日は、違うじゃないですか」

「あぁ、ああいうときは恥ずかしくないのか。なら、気持ち良くしてやればいいな」

「え……？」

彩香を見る仁の目が熱を孕む。

胸から下肢へ視線を下ろされて、まるで視姦されているような気分になる。

「ここに座って」

仁に言われるがまま、バスチェアに腰かける。

「熱くないか？」

「大丈夫です」

シャワーの湯を肩からかけられて、今度は上を向かされて頭頂部にかけられた。

仁が、彩香の後ろで膝を突く。髪を梳くような動きで頭皮をマッサージされると、心地好さについ目を瞑ってしまう。

「……気持ちいい」

気持ち良くしてやればいい、とはこういうことかとほっとした。

自分が意識し過ぎだったのだ。シャンプーをつけて、優しく頭皮を洗われる。しっかりトリートメントまでされる頃には、胸を隠すことなどすっかり忘れ、くったりと仁に寄りかかっていた。

「身体も洗うぞ」

「は、い」

うっとりしたまま頷くと、ボディーソープで泡立った手が肩から腕へと滑っていく。くすぐったいような心地いいような感覚がやってきて目を開けると、鏡に映る仁と目が合った。

仁は、反対側の腕を洗い終えると、脇の下から手を通し両方の乳房を包み込むように触れる。

「あ、んっ」

愛撫されているわけではないのに、自分で洗っているときとは明らかに違う感覚がして、思わず喘ぐような声を漏らしてしまう。

円を描くように下から上へ乳房を持ち上げ、中央に寄せられる。それを繰り返されると、手のひらで擦られた乳首が硬く勃ち上がっていく。

「胸……ばっかり、洗わないで」

「気持ち良さそうじゃないか」

耳元で囁かれると、ぞくぞくと肌が粟立つような感覚が湧き上がってくる。

仁の指先が尖った乳首を掠めて、上下に爪弾かれる。

「あ、あっ……それ、洗ってな……」

「たくさん舐めるところだから、綺麗にしておかないと」

仁はそう言いながら、手のひらを押し回すようにして乳房を揺らした。

そこをねっとりと舐められる感覚を思い出し、隘路がきゅんと切なく疼く。唾液を絡ませた舌で乳首を転がすように舐められると、気持ち良くてたまらなくなってしまう。

「ん……はぁ……仁、さん」

気づけば、ぴたりと閉じていた足が無意識に開いていた。

指先が動かされる度に力が抜けていき、膝と足先がぴくぴくと跳ねる。仁が鏡を凝視しているのにも気づかず、彩香はだらしなく恥部を見せつけるような格好で足を投げ出してしまう。

「君は本当に可愛い」

乳首を軽く摘まれて、こりこりと扱かれた。ぬるついた指先が肌を滑る感覚は言いようのない快感を生み出す。両方の乳首を素早く上下に弾かれると、足の間がじわりと濡れていく。

「あ、あぁっ」

背中を仰け反らせると、食らいつくように口づけられる。

口腔内を舌でかき混ぜられ、溢れる唾液を飲み干される。その間も乳房を揉みしだく手は止まらない。彩香は蕩けきった目で仁を見つめ、全身から力を抜いた。

力が抜けてしまった身体を背後から抱きかかえられ、バスチェアに腰かけた仁の上に座る。彼の胸元に背中が密着し、臀部にすでに硬く膨らんだ性器が押し当てられる。

「ん、そこ……くすぐった……っ」

胸を洗っていた手が、湾曲した細い腰を撫で下ろす。そしてその手が太ももの上を這い、膝からふくらはぎ、足先まで丁寧に洗われる。あますところなく泡を撫でつけられた。

「はぁ……ん」

くすぐったさと期待が交じった甘い声が漏れてしまう。指の間はくすぐったくて、彼の指の動きに合わせてぴくぴくと足先が跳ねる。あらかた洗い終えると、シャワーで全身の泡を流された。

思わずほうっと息をつくと、開いた足の間に湯をかけられた。敏感になっていた身体はシャワーの湯が当たる感覚にも反応してしまう。

「ひゃ……っ」

「ここは、中まで丁寧に洗わないとな」

直接シャワーの湯があてられて、背後から回された手に陰唇を捲り上げられる。襞を開くような動きで優しく擦られると、頭の芯が蕩けてしまいそうなほど気持ち良くなってしまう。

「あぁ、はぁ……っ、ん、あぁっ」

彩香は彼の肩に頭を置き、全身をだらりと投げ出した。胸を押し当てるように彼の腕を掴むと、陰唇を擦る指の動きが速まり、膝ががくがくと震える。

「綺麗になったな」

シャワーの湯が止められる。もう終わりだろうか。物足りないような気分で荒く息を吐いていると、捲り上げた襞の内側に隠れている淫芽を指先で転がされた。

「あぁぁっ！」

突然、強烈な快感を与えられ、目の前で火花が散る。背中を波打たせ甲高い声を上げると、さらに反対側の指先を蜜穴に差し入れられた。

「はぁ、あぁぁっ、ん、あっ」

ぬるついた指先で花芽を転がされて、反対の手で媚肉を擦り上げられた。隘路がうねり、仁の指に吸いつくような動きを見せる。バスルームに自分の淫らな声が響いているのを恥ずかしいとさえ思わない。

「もうこんなに溢れさせているのか」

背後から興奮しきった息遣いで囁かれる。

くちゅ、ちゅぷっと愛液をかき混ぜる音が立ち、足の間から愛液が溢れ、仁の太ももへ伝っていく。ぬるついた愛液が潤滑油となり、双丘の谷間に押し当てられた陰茎が勢いよく滑った。

彼のものがますます硬く膨らんでいくのがわかる。谷間を擦り上げられる心地好さに包まれ、仁の指の動きに合わせて腰を揺らしてしまう。

「そんな風に腰を振ると、お尻の穴に入ってしまいそうだ」

「やぁ……っ」

それはいやだと首を振りながらも、いやらしい言葉にまで感じてしまっているのはたしかだった。

硬く張った亀頭で後ろの窄《すぼ》まりを軽く突かれると、中を弄る彼の指を強く締めつけてしまう。

「後ろでも、感じられるのか？」

「ちがっ……や、それは……だめぇっ」

違う、感じてなんていないと必死に首を振る。ぬるついた先端でつんつんと後孔を突かれる。まさか挿れられるのではという恐怖に襲われ、全身が硬く強張った。そんな身体の反応とは裏腹に、窄まりを突かれると媚肉が悦んでいるかのように収縮する。

「怖がるな。君がいやなことはしない。彩香が腰を揺らすから、入ってしまいそうだと言ったんだ」

「だって……だって」

自分の身体なのに言うことを聞かないのだ。後孔でなど感じたくないのに、仁に触れられるとどこもかしこも気持ち良くなってしまう。

「ちゃんと、こっちに、挿れて」

涙声で言うと、背後でしっかりと仁が頷く。「わかった」と返されて、身体がひょいと持ち上げられた。正面から抱き合うような体勢になり、腰を落とされると、彼のものが真下からずぶずぶと中へ入ってくる。

「あぁぁっ」

猛々しいものが、うねる媚肉を押し広げながら膣を埋め尽くす。亀頭の張り出した部分で蜜襞を擦り上げられる感覚に包まれ、感嘆の声が漏れる。

「あ……っ、あ……待って……っ」

重力のままに最奥を穿たれた瞬間、びくびくと腰を震わせて、呆気なく達してしまった。隘路を埋め尽くす彼のものを無意識に締めつけていたのか、仁の口からも感に堪えない声が漏れる。

「はぁ……っ、まったく君は」

彩香が達したことに気づいたのだろう。仁は快感に耐えるような表情で眉を寄せ、深く息を吐きった。

「搾り取られるかと思った。達くのはもう少し君を味わったあとにしたい。もったいないだろう？」

彼の口からもったいない、という言葉が出ると、つい思い出し笑いをしてしまう。

「どうした？」

「いえ……懐かしいなって。初めて会った日から、まだ半年くらいしか経ってないですけど」

初めて会った日、彼は宮田金属加工をなくすのはもったいないと言っていた。それなのに、飲料水を購入するのはもったいないからと言った彩香に不思議な顔を見せたのだ。

「もったいないなら……全部、ちゃんと味わって、食べてください」

「そうだな。恥ずかしがっている君をしっかり堪能させてもらおう。感じ過ぎていっぱいいっぱいになっている君も捨てがたいが、楽しみはあとに取っておく方がいいからな。ほら、もう動くぞ」

仁はにやりと口元を緩めて、ゆっくりと腰を揺らしてくる。

「あ、あっ……まだっ」

「悪いが、待てない」

臀部を掴まれ腰を持ち上げられた。陰茎が先端ぎりぎりまで引き抜かれ、ふたたびずるりと根元までのみ込まれていく。

「あぁっ」

彩香の喘ぎ声と共に、彼の荒い息遣いがバスルームに響く。ゆっくりと律動が始まり、ぐちゅ、ぐちゅっと愛液が泡立ち、彩香は必死に仁の身体にしがみついた。

真下から貫かれると、重力のままに腰がすとんと落ちる。勢いよく最奥を穿たれる衝撃に襲われて、脳天が痺れるほどに感じ入ってしまう。

「そんなに締めつけられたら、すぐに出てしまう」

彼の口から苦しげな吐息が漏れる。自分では無意識だが、身体の力を抜こうと思っても、臀部を持ち上げられている体勢だからか、足に力が入ってしまう。

「あ、あぁぁっ……そんなの、わかんな……っ」

「あぁ、本当にたまらないな……っ」

仁は、彩香を抱えたまま椅子から立ち上がった。そして、彩香の片足を下ろし、背中をバスルームの壁に押しつけると、叩きつけるような勢いで抜き差しを始める。激しく腰を突き上げられて、深過ぎる快感に襲われる。

「は、あ、あぁっ、ま、待って……それ、すぐ、達っちゃう」

容赦のない律動を続け様に送られて、全身が耐えがたいほどに昂ってしまう。

「俺もだ……君の身体が良過ぎるのがいけない」

耐えがたいといった声で囁いた仁は、恥毛が擦り合わさるほど深く貫き、ぐるりと腰を押し回す。

ぬちゅっと卑猥な音が響いた瞬間、結合部から大量の愛蜜が溢れバスルームの床を濡らした。

「ひぁぁっ」

私のせいじゃない、と言い返すことはできなかった。雄々しい昂りがさらに大きく膨らみ、彩香の弱い部分をごりごりと擦り上げる。

「は、あぁ、あっ……もう、もうっ……だめ」

彩香は熱に浮かされたような表情で彼の首に腕を回し、縋りつく。

ずちゅ、ぬちゅっと淫音を響かせ、溢れる愛液を絡め取りながら蠕動する蜜襞を擦り上げられる。

全身を揺さぶられて、逞しい彼の胸に抱き締められると、嬉しくて幸せで、これ以上ないほどに満たされていく。

「彩香……彩香……っ」

彼は何度も彩香の名前を呼び、快感を追うような速度で腰を突き上げる。

粘膜が擦り合わさる淫猥な音が立ち、膝ががくがくと震え、もはや自分の身体を支えていられない。壁に体重をかけながらも、必死に仁の身体にしがみつく。

「はぁ、あぁぁっ、ん、あっ、達く……も、達く……」

彩香は、甘えるような声を上げながら腰をくねらせ身悶えた。

臀部を撫で回され、張り出した亀頭をぐいぐいと押し込まれる。隘路がきゅうっと激しく収縮し、屹立を締めつける。

「あぁぁっ、も……だめぇっ」

仁の動きに合わせて自らも腰を揺り動かし、迫りくる絶頂感に流される。涙に濡れた目で恍惚と宙を見ながら、切羽詰まった声を上げる。

「何度でも達けばいい」

仁の口からも欲情し掠れた声が漏れる。

「も、う……あぁぁ～っ！」

達した瞬間、開けっぱなしの口からは、のみ込みきれなかった唾液が溢れて顎を伝い流れ落ちていく。貪るように口が塞がれ、口腔内をかき回される。

口の中に溜まった唾液を啜られて、ぴちゃり、ぴちゃりと音を立てながら舌を舐め回された。全身がぞくぞくと甘く痺れて、終わりのない絶頂感に包まれる。

そして、びくびくと痙攣する腰を抱え直され、容赦のない腰使いで律動を繰り返される。

「あぁぁっ、だめっ、今、達ったの……達っちゃったからぁっ」

あまりに強い快感を立て続けに与えられ、激しく全身が戦慄く。ぼろぼろと涙をこぼしながら、もう許してと懇願するが、余裕をなくした男の腰は止まらない。

「わかってる……悪い……っ、もう少しだけ……付き合ってくれ」

狂おしいほどの愉悦が脳天を痺れさせた。粘膜をかき混ぜる、ぬちゃ、ぐちゃっという音が引っ切りなしに立ち、仁の興奮しきった息遣いにさえ煽られる。

「はぁ、あ、ふぁ……ひっ、あ……」

亀頭の尖りでぐりぐりと最奥を抉られ、啜り泣くような声で甘く喘いだ。腰がびくんと跳ねて、絶頂の余韻が収まりきらないまま、ふたたび高みへ押し上げられていく。

「ひ、あっ……そこ、ぐりぐり、するの、いい……っ、もっと」

「これが、好きか？」

「んっ、好き、好き……仁さっ、好き」

甲高い悲鳴のような声を上げながら、彼に縋りつく。

好きと声に出す度に、彼のものが胎内で脈動し気持ちいいと伝えてくる。それが嬉しくて、本能のままに腰を振りたくりながら愛を告げる。

「俺もだ……君を、愛してる」

全身を甘く痺れさせるような仁の声に包まれ、何度目かの絶頂に達してしまう。

「あ……ぁっ……」

すでに理性は焼き切れてしまった。

ぐぐっと胎内でさらに大きく膨らんだ肉棒を強く締めつける。耳元で彼のくぐもった声が聞こえて、脈打つ昂りが最奥で飛沫を上げた。

「仁さ……仁……好き、私、も……っ」

感極まり、涙が止まることを知らずに溢れる。

涙で顔をぐしゃぐしゃにしながら、声にならない声で自分もだと告げる。仁が興奮したため息を漏らし、最後の一滴まで吐き出すように緩やかに腰を穿つ。

「このまま……俺とずっと一緒にいてくれるか？」

こくこくと必死に首を縦に振る。

仁の首に抱きつくと、食らいつくような口づけが贈られた。舌を絡められ、唾液ごと啜られる。口蓋まで舐め尽くすような激しいキスに酔いしれ、脳内が陶然としていく。

「ふぁ……ぅ……っん」

何度も達して満たされているはずなのに、快感に従順な身体は貪欲に仁をほしがってしまう。

胎内に受け入れたままの屹立をぎゅうっと締めつけると、萎えた肉塊がぐぐっと勢いよく膨らみ硬さを取り戻していく。ちゅく、ちゅくっと舌を舐めしゃぶられて、目眩にも似た心地好さがやってくる。彩香は自分から舌を突き出し、彼の舌に絡ませる。

「彩香……このままじゃ風邪を引く」

「ん……っ」

キスの合間に告げられて、そっと身体を離された。陰茎がずるりと抜けでる感覚に腰が震えて、思わず仁の腕をぎゅっと掴んだ。名残惜しさから彼の腕を離せずにいると、口を緩めて笑われる。

「本当に可愛いな、君は。だから夢中になってしまうんだ」

軽々と抱えられて、バスルームから出る。全身をバスタオルで拭かれると、バスローブが肩にかけられた。そのままもう一度横抱きにされ、寝室へ連れていかれる。

生乾きの髪で枕が濡れないように、着ていたバスローブを枕の上に敷かれ、そっとベッドに寝かされた。覆い被さってきた仁の背中に腕を回す。

「舌を出して」

言われるがままそっと舌を出す。唇は触れ合わせずに、互いに舌を突き出し、先端をちろちろと舐める。くるくると円を描くように舌の周りを舐られ、彩香も同じように舌を動かした。

「はぁ、ふ……っ、ん」

彼の舌の先から、つぅっと唾液が伝い落ちてくる。赤ちゃんがおしゃぶりをしゃぶるように、舌を咥えて唾液を飲み込んでいると、貪るような激しいキスが贈られた。

「ん、んんっ」

溢れた唾液が飲み干され、足の間に雄々しいままの昂りがぴたりと押し当てられる。ぐじゅっと卑猥な音を立てながら、灼熱の塊が媚肉をかきわけ中に押し入ってくる。圧迫感も痛みもない。ただただ気持ちいい。

「はぁ……っ」

彩香の口から満足げな吐息が漏れた。

両足を持ち上げられて、さらに奥まで進められる。どくどくと脈打つ昂りは、先ほどと同じくらいの勢いを取り戻している。

「今度は長く、君の中を味わいたい」

仁は一度身体を起こし、腰をゆっくりと前後に揺らしながら、ふるりふるりと揺れる彩香の乳房へ手を伸ばした。

「柔らかくて、触っているだけで気持ちいい」

両側から手のひらで包まれて、上下左右に揺らされる。円を描くように押し回されて、指先で乳首を転がされると、そこからじんと甘い痺れが駆け抜けて、全身がふたたび昂ってくる。

「ん、はぁ……あ」

緩やかな腰の動きなのに、彩香の弱い部分を容赦なく突いてくる。みっちりと埋め尽くされたかと思えば、襞を巻き込みながら引き抜かれて、ふたたび押し込まれる。彼の精と彩香の愛液が混ざり合い、秘部からは絶えずとろとろと蜜が溢れ出していた。

「君が、俺の精をのみ込んでいるところがよく見える。いやらしくて、綺麗だ」

熱に浮かされたようにうっとりとした声で囁かれて、彼の視線が開いた足の間に注がれる。繋がった部分をじっくり見られるなんていたたまれないのに、見られている興奮からか結合部がひくひくと震えてしまう。

「はぁ、あ、あっ……仁、さん」

「仁でいい。さっき、そう呼んだだろう？」

「ん、仁……そこ見られるの、恥ずかしい」

頬を染めて潤んだ目で懇願する。が、彩香が本気でいやがっていないことに気づいたのか、仁は穏やかに口元を緩めながら、わざとらしく腰を揺すってくる。精と愛液が混ざり合いぬちゅ、くちゅっと音を立てながら、蜜穴から溢れ出す。

「ここも、触ってほしそうに勃っているな」

足の間に手を伸ばされて、包皮の捲れた淫芽をくりっと摘まれる。

「あぁっ」

「摘まめるくらい大きく腫れてる。愛液でぬるぬるにして擦ってやると、可愛い反応をする」

「あぁっ、あっん、そこ……くりくり、しちゃ、や」

言葉通りに愛液を絡ませた指先で小さな芽を転がされる。くにゅくにゅと指の腹で弄ばれて、大きく腰を震わせてしまう。

「いやなのか？　こんなに嬉しそうに締めつけてくるくせに？」

「だって……っ、恥ずかしい」

限界まで足を開かされて、敏感な花芽をぬるついた指先で擦られると、目眩がするほどの心地好さに包まれる。ただ、じっくりと秘所を凝視されるのは恥ずかしい。

「恥じらいながら快感に流される君が、とてつもなく可愛いんだ。甘く喘ぐその声も。達ったあとの蕩けた瞳も。俺の精を美味しそうにのみ込む膣も。すべてが愛おしい」

「身体、ばっかりじゃないですか……」

拗ねたように言うと、仁がますます愛おしげな表情で見つめてくる。

「君の内面の良さを語り出したらキリがない。一晩中でも語り尽くせるが……俺がどれだけ君を可愛いと思っているか話そうか？」

手を取られて、指先に口づけられる。拗ねたその表情も可愛いとばかりに微笑まれて、いったいこの甘い男は誰だと叫びたくなった。

「一つだけ、聞きたいです。仁が、いつ私を好きになってくれたのか」

今、彼の気持ちが自分にあるのは理解しているが、それはいつからなのか。

優しくしてほしい、と言った彩香を抱いてしまったのは、性衝動からだろう。

彼は頑ななほど契約を遵守していた。料理を作れば契約外のことをしなくていいと言われてショックだった。

誤解は解けたものの、あのときの彼に自分に対する恋愛感情があったとはとても思えない。

「初めて会ったときじゃないか？」

「初めて会ったとき？　まさか、契約を持ちかけてきたときですか？」

あのとき、彩香を好きになる要素があっただろうか。困惑した彩香をよそに、仁は淀みのないはっきりとした口調で話し始める。

「あぁ。あのとき、契約だとしても君を大事にしたいと強く思った。今思えば、あれが一目惚れだったのかもしれない。家族を……会社を必死に守ろうとする君が眩しかった」

契約を持ちかけたときを思い出しているのか、仁は目を細めて、穏やかな口調で言った。

「女性を侮蔑していると思われてもおかしくない契約だ。それなのに君は、そんな提案をした俺の体調まで心配し、必死に夫婦であろうとしてくれた。そんな君に心を打たれないはずがないだろう？　君の厚意に甘えてはならない、これ以上深入りしてはならない。そう自分を抑えていなければ……正直、君に溺れてしまいそうだったんだ」

彩香は頬を真っ赤に染めて、両手で顔を覆い隠す。

自分に溺れてしまいそうだったなどと真顔で伝えられて、なんと返せばいいのか。嬉しいものの、とてつもなく恥ずかしい。

「彩香のそばにいると、いつも不思議なほど幸せで満たされた。初めて抱いたとき、優しくしてほしいと言った君が可愛くてたまらなくなって、余裕なんて欠片もなかった。君が離婚したいと言ったら応じるつもりだったのに……契約しなければ良かったと言われて絶望した。それなのに、絶対に放してやれないと思った。俺は、とっくに君に溺れていたんだ」

身体を倒した仁が、愛おしそうに彩香の頬に触れてくる。最愛の人がどれだけ自分を好きでいてくれたかを知り、喜びに胸が詰まる。

愛している、なんて言葉じゃ足りない。彼しかいらない。彼がいればいい。たとえこの先なにがあっても、彼を信じてついていこうと、そう思えた。

「君を愛している」

感極まり、涙が頬を伝う。「私も」と返したいのに言葉にならず、彩香は必死に首を縦に振った。

「優しく、しなくて、いいから……今日は……仁の、好きにして」

つい膣に力を入れてしまうと、胎内にある彼のものが、さらにぐぐっと大きく膨れ上がる。仁の汗が滴り落ちて、熱っぽい息遣いが耳に届いた。

「そんな風に誘ってくれるな。ひどくしてしまいそうだ」

切なげに目を細めた仁が荒く息を吐き出しながら、腰を引く。

長大な陰茎がことさらゆっくりと引き抜かれて、同じ速度で最奥を穿たれる。亀頭の尖りでぐりぐりと蜜襞を擦られる感覚が、目眩がするほどに心地いい。

「ん、ん、はぁっ」

彩香は背中を波打たせながら、甲高い声で甘く喘ぐ。彼の深い愛に溺れて、息が止まりそうだ。

「やはり、すぐに達してしまうのはもったいないな……」

幾度となく柔襞を擦り上げられるが、その動作は緩慢だ。ゆっくりとした動きの分、仁自身の形をまざまざと感じてしまい、不思議なほど熱く昂ってしまう。

「はぁ……あ、あ……そこ、気持ちいい」

中に出された精がかき混ぜられ、ぬちゃぬちゃと淫猥な音が結合部から響く。隘路が焼けつくように熱くなり、意識が陶然としていく。激しい愛撫ではないのに媚肉を擦り上げられる度に、じんと甘やかな快感が全身を駆け巡り、四肢が蕩けてしまいそうだ。

「あ、も……だめ……達、く、もう……っ」

そう言葉を発した瞬間、腰がびくびくと震え絶頂に達してしまう。

全身が硬直し、うねる媚肉が男のものをきつく締めつける。彼のものが中で脈動しさらに張り詰めたのがわかった。

「俺が君にどれほど翻弄されているか……心をすべて晒すことができたらいいのにな」

仁は眉根を寄せながら感嘆の息をつき、絶頂の余韻が去るまで彩香の髪を優しく撫でる。

自分の方がずっと仁を好きでいるはずだ。そう思うものの口には出さない。本当に彼の言う通りだ。心をすべて晒すことができたら、互いの気持ちを確認することも簡単だっただろうに。

けれど、切なく辛い月日が無駄だったとは思わない。会えない時間が愛を育てる……なんてはやりの曲にありがちな歌詞を思い浮かべてしまうが、彼と離れて考える時間があったからこそ、今の幸せがかけがえのないものだと思える。

「彩香……何度でも達して。俺に見せてくれ」

乳房を掴まれ、もう片方の手で足の間にある小さな芽を弄られた。硬く張った芽を混ざり合った体液でぬるぬると擦られると、達して敏感になった身体はすぐさま追い詰められる。

「ん、あ、あっ……そこ、弄っちゃ、あぁっ」

彩香は背中を弓なりにしならせ、感じ入った声を上げた。

きゅっと乳首を摘まれ捏ねられ、同時に陰核を愛撫されると、絶頂の余韻がまったく収まらない。ずっと達しているような感覚に襲われて、全身が甘く痺れる。

「舌で舐めると、もっと可愛い反応をする」

熱に浮かされたような声で囁かれ、反対側の乳首を軽く食まれる。ちゅくちゅくと音を立てて舐めしゃぶられて、無意識に彼の口に胸を押しつけてしまう。

「ひ、あ、あぁっ……や、らっ、一緒……また、きちゃう……っ」

唾液にまみれた乳首をさらに強く吸われて、痛いような気持ちいいような感覚が続け様に押し寄せてきた。淫芽を弄る指の動きも、中を擦り上げる腰の動きも止まらない。ぬるついた指先で腫れた陰核をさらに素早く捏ねられると、収まらない絶頂感にどうにかなってしまいそうだ。

「達く、も……達ってる、の……っ、こんなの、おかしくなっちゃっ……」

全身を甘く愛され、気が遠くなるほどの激しい愉悦にただただ翻弄される。全身が小刻みに痙攣し、開けたままの口からは飲み込みきれなかった唾液がとろりとこぼれた。

何度目かの絶頂で結合部からぴしゃりと飛沫が上がる。止めようにも止められない。愛液にまみれぐっしょりと濡れたそこから透明な水が溢れてシーツを濡らす。とてつもなく恥ずかしいのに、彼が嬉しそうな顔を見せるからいやだとも言えない。

「はぁ……だめ、これ……漏れちゃう、止まん、な……っ」

「あぁ、本当に可愛いな、君は。淫らで綺麗だ。もっとたくさん漏らしてしまえ」

尖った淫芽をくりくりと扱かれる。たらたらとこぼれ出た淫水が彼の手のひらをぐっしょりと濡らしている。それがわかっても自分ではどうすることもできない。

「恥ずかしいの……仁、やぁ……もっ」

「恥ずかしいところも、俺にだけ見せてくれるんだろう？」

仁は徐々に腰の動きを速くしていく。滾った陰茎がずぶりと差し込まれて、勢いよく引きずり出された。激しく中を擦られ、全身を揺さぶられる。

震える蜜襞を擦られ、乳首を甘く噛まれる。その間も指先で陰核を捏ねられる。どこもかしこも気持ちいい。膣がきゅうきゅうと締まり、彼の精を絞り取ろうと蠢く。

「すごく、いい……持っていかれそうだ」

興奮しきった仁の声が耳に届く。彼の汗がぽたぽたと胸元に飛び散り、わずかなその感覚にさえ感じて、淫らに達してしまう。

「あぁあぁ、んぁ、気持ちいい、達く……達く、んぅっ」

男の肉棒がさらに激しく脈動する。子宮口を突き上げるような動きで腰を叩きつけられて、その都度、ぴちゃぴちゃと淫らな蜜が噴き出す。助けを求めるように仁の腕に縋りつくと、唇が塞がれ、ぬるついた舌で口腔内をかき混ぜられた。

「んん、ふっ、ぅ……んっ」

理性などどうにかなりそうにない。口蓋を舐められ、舌が絡まる。全部が気持ち良くて、蕩けきった目で仁を見つめると、愛おしげな眼差しが返される。彼の瞳に映るのは自分だけだ。胸が詰まるような喜びに包まれると、ひときわ強く男の欲望を締めつけてしまう。

「く……っ、はぁ……彩香、もう、出してしまいそうだ」

さらにスピードを速めて、媚肉をかき回すような動きで抜き差しされた。ずるりと勢いよく引き抜いた陰茎をすぐさま最奥に叩きつけられる。

「私、も……もうっ、も……だめ」

張り出した亀頭で感じやすい部分をごりごりと削り取るように擦られる。愛液の泡立つ音が引っ切りなしに立ち、隘路が悦び彼のものを力いっぱい締めつける。

「仁、好き……好きっ、出して……中、いっぱいに、してぇっ」

もはやなにを口走っているのかもわからず、切羽詰まった声を上げる。考えられるのは愛しい彼のことだけ。仁が腰を震わせた瞬間、彩香も限界に達していた。

「あぁあぁあっ！」

全身が激しく波打ち、頭の中が真っ白な法悦に染まっていく。ひときわ強く屹立を締めつけると、大量の白濁が最奥に放出される。

彩香は、下腹部がじんと温かなもので包まれる感覚に酔いしれ、恍惚と天を仰いだ。

全身から力が抜けて、彩香の手がぱたりとシーツに落ちた。強く抱き寄せられて、緩く腰を揺らされ最後の一滴まで胎内に注がれる。

長く続く絶頂の余韻は、互いの言葉を封じた。ただ、二人分の荒い息遣いだけが室内に響き、充足感に包まれる。余韻が過ぎ去っていくと、どちらからともなく口づけ合う。ちゅ、ちゅっと唇を触れさせるだけのキスがひどく心地いい。

抱かれたあとの虚しさはすでにない。ただただ幸せに満たされている。

これからはずっとこんな時間が続くのだ。そう思うと嬉しくて、金策に走り回っていた過去の苦労にすら感謝したい気持ちになってくる。

「仁……さん」

さん付けで呼んでしまったのは、余韻が過ぎ去ったあとの照れくささからだ。まだ彼を呼び捨てにするのはなかなか慣れない。それも時間が解決してくれるだろう。

仁もそれがわかっているのか、抱き締めたままなにも言わず視線だけを向けてきた。中に入った彼のものはまだ硬く張り詰めたままだ。

「そういえば、契約……どうしますか？」

「契約は破棄しよう。そして、もう一度俺と、夫婦としてやり直してくれないか？」

「はい……私もそうしたいと思っていました」

「……我ながら、贅沢だな」

「なにが、ですか?」

仁は彩香の下腹部をそっと撫でながら続けた。

「君の中に吐精する充足感はこれ以上ないほど幸せなのに、もう少し二人きりで過ごしたいとも思うなんて、贅沢な悩みだろう?」

「あはは……たしかに、そうですね。でも、三人になっても四人になっても、たまには二人きりで過ごしたいです。私の方が贅沢じゃないですか?」

「そうだな。子どもが生まれても、二人の時間は必ず作ろう」

互いに顔を見合わせて微笑む。

そして彼がゆるゆるとふたたび腰を動かし始めた。

「あ、また……っ?」

「仕方がないだろう? 俺は、君にどうしようもなく溺れているんだ」

軽く抜き差しされるだけで、呆気なく身体が昂ってしまう。

彼に溺れきっているのは、彩香も同じ。

彩香は目を瞑り、唇を重ね合わせながら、仁の背中に腕を回した。幸福感に包まれながら、終わりのない熱に溺れていく。

第九章

仁は、社長室で報告書を読みながらため息を押し殺し、顔を上げた。

手にした書類は竹田に調べるよう頼んだ宮田金属加工の調査書類だ。

契約で女性に結婚を持ちかけるなど、自分の意にそぐわない。本気で身体の関係を持つつもりはなくとも、騙すようなやり方は女性の自尊心を傷つける行為に違いない。

だが、仁にとっては、普通の結婚という方がよほど難しい。

物心ついた頃から、父は母を殴るクズだった。世間一般的には誰からも羨ましがられる理想的な父親を演じていた男は、己の血をあとに繋ぐためだけに母と婚姻関係を結んだのだ。

どうして父に言われるがまま母が結婚を了承したのかはわからないが、おそらくそこにはなんらかの金銭的なやりとりがあったことは想像に難くない。

父にとって都合のいい相手が母だったのだろう。

当然、そこに愛はまったくなく、母は常に怯えながら家政婦のような扱いをされ暮らしていた。

結婚から一年後に生まれた仁もまた、普通とはほど遠い家庭環境で育った。

十歳になるかならないかという幼い仁を置いて出ていってしまった母を恨むことはできない。むしろ、もっと早く逃げるべきだったとさえ思う。

母は、父が仁にも暴力を振るうようになるのではないかといつも心配していた。おそらく自分を盾に取られ、逃げることができなかったのだろう。

しかもあの男は、母が出ていったことを知ると、動揺するどころか「金食い虫がいなくなった」と言い、母をあざ笑った。子どもを産んだあと用済みとなった母は、男にとってストレスのはけ口でしかなかったらしい。

幸い、跡継ぎに当たる仁に対して父が暴力を振るうことはなかった。だが、自分は父親にとって都合のいい傀儡《かいらい》なのだと気づくのに、そう時間はかからなかった。

本格的に事業を手伝うようになった頃、仁は自分の伝手《つて》を使い、母の居所《いどころ》を探し当てた。もし幸せに暮らしているのならそっとしておこうと思ったのだが、そうではなかった。母は心を病み、施設へ入所していた。

仁が十数年ぶりに母に会いに行くと、母は悲鳴を上げて失神した。どうやら仁を、あの男だと思ったらしい。怯えて話をするどころではなかった。

そのため、今は竹田に頼み母の様子を時々見てもらっている。

母に怯えられる度に、あの男と同じ血が自分に流れていることに絶望感が募る。

女性を侮辱するような契約を結ぼうとしている冷酷な自分は、間違いなくあの男の血が流れている。そんな自分が誰かを愛し慈しむことなどできるはずもない。どのように他人を愛せばいいかなど、教えてくれる人は誰もいなかったのだから。

仁は調査書類をデスクに置き、顔を上げた。

「宮田金属加工。お前はどう思う？」

デスクの前に立つ男は、父の代から秘書をしている竹田だ。

なにを考えているかわからないところはあるが、どんな命令にも逆らわないという点においては信用のおける男だ。

父になにかしらの恩を感じているらしいが、あの男が善意で人助けをするとはとても思えない。おそらく父にとって都合のいいなにかしらの理由があったため、救ったに過ぎないだろう。

「評判は悪くないですが、社長は職人気質で利益度外視の契約ばかりしていたようですね。娘が仕事に関わるようになってからは若干業績は上向いているようですが、このままでは一ヶ月持たないかと。卸先の少ない今はホームページで個人からの依頼を受け、細々と食いつないでいるようです。両親、一人娘ともに実直で素朴な人柄だと。過去に恋人もおらず、取り引きを持ちかけるには実に都合がいい相手でしょう」

竹田は淡々とした口調で言った。

なんの感情もこもっていない男の顔は父を彷彿とさせた。あの男は会社を大きくするためならば血も涙もないような決定を下す。竹田もまた父の部下としてそのやり方を踏襲しているようだ。

「宮田彩香か……一度、うちに営業に来たことがあるんだな」

「えぇ、アポイントメントがなく飛び込みだったためお断りしましたが、おそらく会っていても結果は変わらなかったでしょうね」

「わかった。この女性と話をつけよう」

隠しきれないため息がついに口から漏れた。竹田はちらりと仁に視線を走らせただけで、黙礼し下がっていく。

しばらくして、宮田金属加工からほど近い場所にある喫茶店に、宮田彩香を呼び出した。店に入ってきた彼女は期待に頬を紅潮させながら、きょろきょろと辺りを見回す。

仁が立ち上がると、こちらに気づいた彼女が軽く頭を下げながら近づいてくる。

彼女は、流行遅れの重そうなコートと膝丈のスカートに身を包んでいた。靴に至っては、ヒールが擦りきれて金属が剥き出しになっているのか、歩く度にカツカツと高い音が鳴っていた。

年頃の女性がおしゃれ一つしていない。それも営業先に会うことがわかっていながらスーツさえ着てこないのは、スーツ自体持っていないからか。彼女の格好を見ただけで、宮田金属加工の困窮ぶりがわかり、仁の胸はますます苦しさに襲われる。自然と表情が険しくなった。

(調査では、男性経験もおそらくないと……こんな純朴そうな女性に無理を強いるのか……)

仁は、ますます重苦しくなる感情を押し込み、彼女と対峙した。

「竹田さんでいらっしゃいますか？　私、宮田金属加工の宮田と申します」

これから彼女に提案する内容のおぞましさに吐き気が込み上げてきた。彼女が名刺を差し出してくる手を押し留めて、ぐっと奥歯を噛みしめる。

「竹田は俺の秘書だ。俺は『ＯＮＯＧＡＫＩ』の代表取締役社長の任に就いている、小野垣仁。無駄な時間を使いたくはないから単刀直入に聞く。宮田金属加工を助けてやるから、俺と結婚しないか？」

あらかじめ考えていた言葉だ。

今、このときだけは冷酷であれと自分に言い聞かせる。やはり彼女は困惑した表情で仁を見つめていた。聞き間違いだと思いたい、彼女の顔にそう書いてあった。

何度も口にしたい言葉ではない。だが仁は仕方なく言葉を続ける。

「えぇと、申し訳ないのですが……もう一度……」

「俺と結婚し妻としての役割を全うすれば、君のお父上の会社を助けてやると言ったんだ」

「はぁ？」

目を見開きぽかんと口を開けた彩香に、わざわざ父との確執を話すわけにはいかない。

こちらの事情に巻き込むのだ。契約をするのなら小野垣家に関わらせるのは最低限にして、生活の保障をしてやる方がいい。

仁は、ＯＮＯＧＡＫＩが置かれている状況を簡単に説明し、彩香に自分と結婚し子どもを産んでほしいと持ちかけた。

（調査書類には、宮田彩香は家族をことさら大切にしているらしいとあったからな……両親を助けられるのであれば、必ず条件をのむだろう）

「俺は、自分にとって都合のいい妻を探している。それが君だっただけだ」

こんな提案をするしかない自分に反吐が出そうだ。

宮田金属加工の持つ鋳造技術は素晴らしい。これは残していかなければならない技術である。新のことがなければ、宮田金属加工の名前を仁が知ることはなかったし助けられもしなかっただろうが、騙しているような状況に気分が悪くなるのは当然だ。

だからこそ、誠意を尽くし、彼女が少しでも平穏に過ごせるようにするしかない。

「この話をのんでくれれば、宮田金属加工への長期的な融資を約束する。そちらの主力商品であるホーロー鍋を『ＯＮＯＧＡＫＩ』で取り扱えば安定的な収入が見込めるはずだ。宮田の鋳造技術は抜きん出ているからな。宮田金属加工をＯＮＯＧＡＫＩの子会社にし、優秀な人材を確保し職人の育成にも力を入れよう。使ってもらえればわかる、ミヤタの名前を世界中に知らしめたい……だったか？」

仁がそう言うと、彩香が驚いた様子で息をのんだ。震える声で言葉を紡ぐ。

「うちの鍋……使ったこと、あるんですか？」

「当然だろう。どんな会社かも知らずに取り引きなど持ちかけない。ミヤタのホーロー鍋は、底が特殊な形状をしている。それが食材を焦げ付かせないための工夫だと推察した。蓋と本体の間に隙間がなく密閉されているため火が通りやすく、素材から出た水分だけで調理できる。素晴らしい技術だ。なにより、あれをたった数人の職人だけで開発したことに驚いた」

彩香の表情が泣きそうに歪んだ。

仁の言葉は本心だった。宮田金属加工については竹田が調べ尽くし、もちろん仁も目を通した。それだけでなく、ＯＮＯＧＡＫＩの開発部に直接赴き、使用感を調べさせたのだ。

「もったいないだろう。そんな技術をここで埋もれさせてしまうのは。だから、君が頭に描いていた理想の会社を俺が作ってやる。それらはもちろん契約書として残すし、結婚する以上、妻の実家となるんだ。君に不自由もさせない」

仁は真っ直ぐに彩香を見つめて、迷いなく口にした。

「俺と結婚し、俺の子を産んでほしい」

仁に抱かれることを想像してしまったのか、彩香の頬がバラ色に染まる。照れているのが丸わかりの素直な反応が新鮮で、こちらまで恥ずかしくなってしまう。

好きでもない男と肉体関係を持つことに抵抗を示すのは当然だ。ここで断られるならそれまでだと思ってもいた。

しかし、初めは受け入れがたいといった顔をしていた彩香だが、話を聞くうちに逡巡するような表情に変わっていった。

家族と彼女自身を天秤にかけているのだろう。そして結局、彩香は仁の提案をのんだ。

必死に会社と家族を守ろうとする彩香が眩しかった。今にも倒れそうなほど憔悴しきっているというのに、それでも一生懸命に踏ん張る立ち姿は、凛としていて美しかった。

また、自分のような男に人生を狂わされるのをわかっていながら、彼女の目に憎しみは浮かんでいない。

そんな彩香を見て、仁も決意する。自分の力の限り、彼女の生活を守っていこうと。

初めての夜から、何度彩香を抱いただろう。

彩香を抱く度に自分の気持ちが抑えられなくなっていることを自覚した。

彼女のためを思うならば、一度で済ませてやるべきなのに、可愛く反応してくれると嬉しくなって、執拗に触れてしまう。

何度吐精しても衰えない性器に自分の方が驚かされた。

これは契約だ。彩香が契約を持ちかける最低な男を好きになるはずがない。いつか父のように女性を傷つけてしまうかもしれない男が相手ではいやだろう。

母ですら、父そっくりな仁をいやがるくらいなのだ。

そう厳しく感情を抑え込んでいないと、彼女の優しさにさらにつけ込んでしまいそうだった。自分を愛してほしいと乞うてしまいそうだったのだ。

だが、気づいたときには、手遅れ。仁はとっくに彩香に溺れていた。

紆余曲折あり、彩香が仁を受け入れてくれたことは誠に僥倖。奇跡だと思っている。

――あなたが……そんなことするわけないのに。

――いつだって、私に優しかった。契約なのに、私がその気になるまで待つなんて言う人ですよ？暴力を振るい愛情を与えてこなかった人とどこが似てるんですか？　あなたを傷つけるお義父さんのこと、私は絶対に許せません。私が……守りますから。ずっとあなたに愛してるって言い続けます。そして、お義父さんとは全然違うって証明してみせる。

涙をぼろぼろとこぼしながら、仁が父と同じになるなんてあり得ない、そう言い切ってくれた。

彼女の思いに報いるためにも、父と決別しよう。仁はそう決意した。

＊＊＊

久方ぶりに見た父は、病院のベッドの上で眠っていた。

痩せ細り、骨と皮だけ。かろうじて生きている状態なのだろう。

「仁……」

ドアの前で立ち尽くす仁の手に温もりが触れた。付き添ってくれた彩香が「大丈夫、そばにいます」、そう言ってくれているのだと感じる。

仁はベッドに近寄り、目を閉じたままの父の顔を凝視した。

母に暴力を振るい、誰に対しても暴慢に振る舞っていた男だとはとても思えない。命の灯火はすでに消えかかっているのだろう。

ぐっと唇を噛みしめる。

たとえ死にかけていたとしても許すことはできない。けれど、仁が一発殴っただけで死にそうな男に、いったいなにができるというのか。

今までこの男に言われるがまま、後継者として采配を振るってきた。

そして時期が来たら、あとを竹田に譲り、仁は職を辞すつもりでいる。

その準備もすでに整っている。

自分が育ててきた後継者に裏切られ屈辱を味わえばいい、それが復讐になると思っていたのだ。

「なんだろうな……ただ、虚しいだけだ。怒りも悲しみも消えないのに、やり場がない」

この男に復讐したい、その思いはもう叶わない。

行き場のない怒りはまだ胸の奥にくすぶったままだ。

一度でいい、謝らせたかった。

母をまるで道具のように扱い、暴力を振るい続けたことを。

父の言いなりになって過ごしてきた時間は屈辱でしかなかった。母のように逃げなかったのは、いつかこの男が深く後悔する姿を見るためだ。

「どうすれば、いいんだろうな……」

仁が深くため息をつくと、繋いだ手を強く握られた。

「私と、幸せになりましょう」

仁は隣に立つ彩香を見つめた。

幸せに？　声に出さずに首を傾げた仁に、彩香は微笑む。

切なげに細められる彩香の目は、仁だけを映していた。

「あなたの怒りも悲しみも私が受け止めますから……幸せになって、孤独なお義父さんに『ざまぁみろ』って言いましょうよ」

「孤独？　父が？」

多くの部下や使用人に囲まれていた印象しかない。孤独とはほど遠い場所にいると思っていたが、彩香ははっきりと肯定する。

「だって、このお花……枯れちゃってるじゃないですか。お見舞いに来る人がほとんどいないからでしょう？」

「そうだな。おそらく竹田が来たときに生けていったものだろう」

父の部下だった社員に入院先を尋ねられたこともなかった。手駒になる部下は大勢いたはずだ。だがその誰も、入院してからの父を見舞いには訪れなかったらしい。

「だから、二人で幸せになるんです。それは、お義父さんが為し得なかったことですよ」

そうか。この男は、会社を大きくすることはできても、家族を幸せにすることだけはできなかった。だからこそ一人きりで死んでいくのだ。

「彩香……ここにいてくれるか？　花瓶に花を生けてくる」

仁は彩香が持っていた花を受け取り、枯れた花の入った花瓶を手に取った。

「それなら私が」

「いや、俺がやりたいんだ。父になにかしてやれるのは、最初で最後だろうから」

「わかりました」

父と二人きりにしてしまうことに申し訳なさはあったが、今の父にはもうなにもできない。過去に感じていた脅威など欠片もない。

仁は洗面所で花瓶を軽く洗い、新しい水に取り替えて花を移した。枯れた花はゴミ箱に捨てて、病室へ戻る。

彩香は、父の骨の浮きでた手を握りしめ、枕元でなにかを呟いている。

「仁さんは私が幸せにしますから、見ていてください」

彩香の言葉が耳に届くと、胸が詰まる思いがした。ぐっと唇を噛んでいなければ、吐く息が震えてしまいそうだった。

ぽたりと頬からなにかが垂れて、手の甲で拭う。自分が泣いているのだと気づくと、彩香への愛おしさが溢れてくる。

その数週間後、父は一人きりで息を引き取った。

危篤の知らせを受けて、病院に足を運んだのは自分と彩香だけ。彩香の言う通り、孤独な人だったのだろう。

年内に予定していた挙式は喪が明けてからとなった。

すでに入籍は済ませているし、パーティーで彩香のお披露目も行ったあとだ。近しい人だけを呼びガーデンウェディングにする予定だ。

エピローグ

せわしなく日々が過ぎ、彩香と出会い一年が経った。

二度目の冬。こうして彼女と毎日一緒に過ごすことになると、誰が想像していただろうか。

予定していた通り、社長の座を竹田に譲り渡し、仁は自分が興した会社で指揮を執っている。

竹田にＯＮＯＧＡＫＩを頼むと告げたとき、アンドロイドのように無表情な顔に一瞬だけ赤みが差した。どうやら驚かせることに成功したようだ。

『かしこまりました。宮田金属加工のこともお任せください。お幸せに……彩香さんにも、そう伝えていただけますか？』

竹田は腰を折りながらそう言った。仁と彩香の変化を竹田だけは気づいていたらしい。

彩香は、仁の秘書として毎日忙しく働いている。

毎日家にいるのはかなり暇だったらしい。もともと働くのが好きだったと言って、家でも外でも仁のスケジュールを管理してくれるものだから、休みはきっちり週に二日。残業もほとんどなく帰れている。

「明日は結婚式の打ち合わせか。ドレスを選ぶんだろう？　体調はどうだ？　予定をずらすか？」

夕食を済ませ、二人で食器を片付けた。

ここ最近、彩香は体調が悪く伏せっていた。少しだるいだけだからと彼女は言うが、食欲もあまりなく心配は増すばかりだ。

「ドレス選び、楽しみにしてたので絶対に行きたいです。あ、でもちょっと予定が狂っちゃうかも」

彩香は眠そうに目を擦りながら、ソファーにもたれかかった。頬に触れると、少し熱い。

一週間近く微熱が続いているため、無理矢理にでも病院へ連れていこうかと考えた。

「予定？　どういうことだ？」

「ドレス、式が近くなったらサイズを直してもらわないといけなくなるかもしれません」

首を傾げる仁に、優しげな微笑みが向けられる。そして「今日、調べてみました」と言って、仁の手をそっと取る。

「あなたの赤ちゃんがいます。来年には、家族が増えますよ」

彩香がそっと下腹部を撫でながらそう言った。

家族が、と声に出せないまま唇の動きだけで呟く。それほどの衝撃だった。

妊娠に至る行為を何度もしておいて今さらだが、喜びとプレッシャーが同時にやってきて、言葉にならないほどの衝撃が胸に迫る。

「そ、うか……」

鼻の奥がつんと痛み、眉間に力が入る。

言葉を詰まらせる仁の思いを察してか、彩香が立ち上がり、仁の頬をそっと撫でる。

「お義母さんにも会わせてあげたいです。初孫ですもん」

「母は……喜ぶだろうか」

「ええ、きっと！　最近は、小さい頃の仁の話ばかりですよ。一緒に料理をしたこと、お義母さんもちゃんと覚えているみたいです。『仁が包丁で指を切りそうで怖かった』って話を何度も聞きました」

自分はあまり母に顔を見せに行けていない。

怯えられると思うと、重い腰がなかなか上がらなかった。だが代わりに彩香がしょっちゅう見舞いに行ってくれていた。

調子がいいときは散歩をしているらしい。写真を見せてもらったが、母が楽しそうに笑う姿など何十年ぶりだろうか。

「そのときは、俺も行っていいか？」

「もちろんです！　お義母さん、きっと喜びますね」

そう言って彩香が微笑む。彼女はいつだって、自分と一緒にいるだけで幸せだと笑ってくれる。

この笑顔を失いたくない。

だからこそ、まずは自分が幸せにならなければ。

そして、彼女とこれから生まれる子を慈しみ、大切に守ろうと。

強く、強く、誓うのだった。

了

あとがき

この度は、拙作をお読みいただきありがとうございました。

本郷《ほんごう》アキと申します。

ルネッタブックス様より二冊目の刊行の機会をいただき、誠に光栄に思っております。読者の皆様にも楽しんでいただければ幸いです。


あとがきを先に読まれる方もいるらしいので、ネタバレにならないようにお話を。

今作もまた私の好きな設定で書かせていただきました。

契約結婚をしたヒロインがひたむきにヒーローに恋をする、というお話です。最初は契約でしかなかった二人が徐々に想いを通わせていきます。

私の書くヒーローはわりとトラウマ持ちというか、拗らせ系が多いのですが、今回のヒーローもまたいろいろと拗らせております。そういうちょっと重い話が好きなのですよ……。

一ヶ月に数度、身体を重ねるためにしか部屋に来ない相手を待つのは苦しいはず。そんな相手を好きになってしまい、契約とはいえ妊娠すれば自分は用済み、もう会えなくなるかもしれない、けれど、妊娠しなければ契約が終わってしまう、そんな様々な葛藤がある中で、ヒーローを一途に愛するヒロインが書きたかったのです。
お互いがお互いを気遣い過ぎていて、想いながらもすれ違う切なさを書きました。皆様のお心に響くような作品になっていれば幸いです。

さて、表紙絵を担当してくださるイラストレーター様が、秋吉《あきよし》しま先生だと担当様からメールがありました。実はあとがきを書いている今日、まだラフも拝見しておりません。これから着手のようで今からどんな表紙ができあがるのかと楽しみです！
他社を含め、担当様から表紙や挿絵のデータをいただくたびに「作家最高！」と思うのは、私だけじゃないはずです。ラフやタイトルなしの画像を見ては、泣いたり叫んだり(笑)。今作はどんな表紙になっているのでしょうか。ヒーローは黒髪、それは間違いない！

最後になりましたが、秋吉しま先生ならびに表紙デザイナー様、編集部の皆様、本作の出版にご尽力くださった方々に厚くお礼を申し上げます。本当にありがとうございました。
そして、読者の皆様には最大限の感謝を込めて。これからも楽しんでいただけるように精進して参ります。

二〇二三年五月本郷アキ

ルネッタⓁブックス

執着溺愛婚

恋愛しないとのたまう冷徹社長は、わきめもふらず新妻を可愛がる

2023年8月25日　第1刷発行　定価はカバーに表示してあります

著　者　本郷アキ　©AKI HONGO 2023
編　集　株式会社エースクリエイター
発行人　鈴木幸辰
発行所　株式会社ハーパーコリンズ・ジャパン
東京都千代田区大手町 1-5-1
03-6269-2883（営業部）
0570-008091（読者サービス係）
印刷・製本　中央精版印刷株式会社

Printed in Japan ©K.K.HarperCollins Japan 2023
ISBN978-4-596-52292-4

※この作品はフィクションであり、実在の人物・団体・事件等とは関係ありません。